木戸の富くじ

大江戸番太郎事件帳㉘

特選時代小説

喜安幸夫

廣済堂文庫

目次

四ツ谷絵図
永井肥前守
永井若狭守
森川出羽守
陽光寺
北町
毘沙門天
岡部土佐守
正覚寺
永信寺
長安寺
お岩稲荷
安部摂津守
右馬横町
南伊賀町
妙行寺
日宗寺
忍原横丁
四ッ谷左門町
長善寺（笹寺）
円通寺
四ッ谷左門町木戸
塩町三丁目
塩町二丁目
四ッ谷忍町
四ッ谷伝馬町三丁目
塩町三丁目
塩町二丁目
四ッ谷伝馬町三丁目
麦ヤ横丁
真福寺
永昌寺
安全寺
尼寺
知光院
龍昌寺
正應寺
法雲寺
渾雲寺
全勝寺
全徳寺
松平摂津守
田安中納言
理性寺
内藤新宿
甲州街道
大木戸
水番屋
玉川上水
玉川上水
内藤駿河守
自證院門前町
自證院（コブ寺）
道林寺
修行寺
門前町
西迎寺
養国寺
全長寺
合羽坂
板倉周防守
安養寺
米倉丹後守
市ヶ谷片町
東京湾
品川
山手線
渋谷
東京
四ッ谷
新宿
中央線
上野
池袋
N

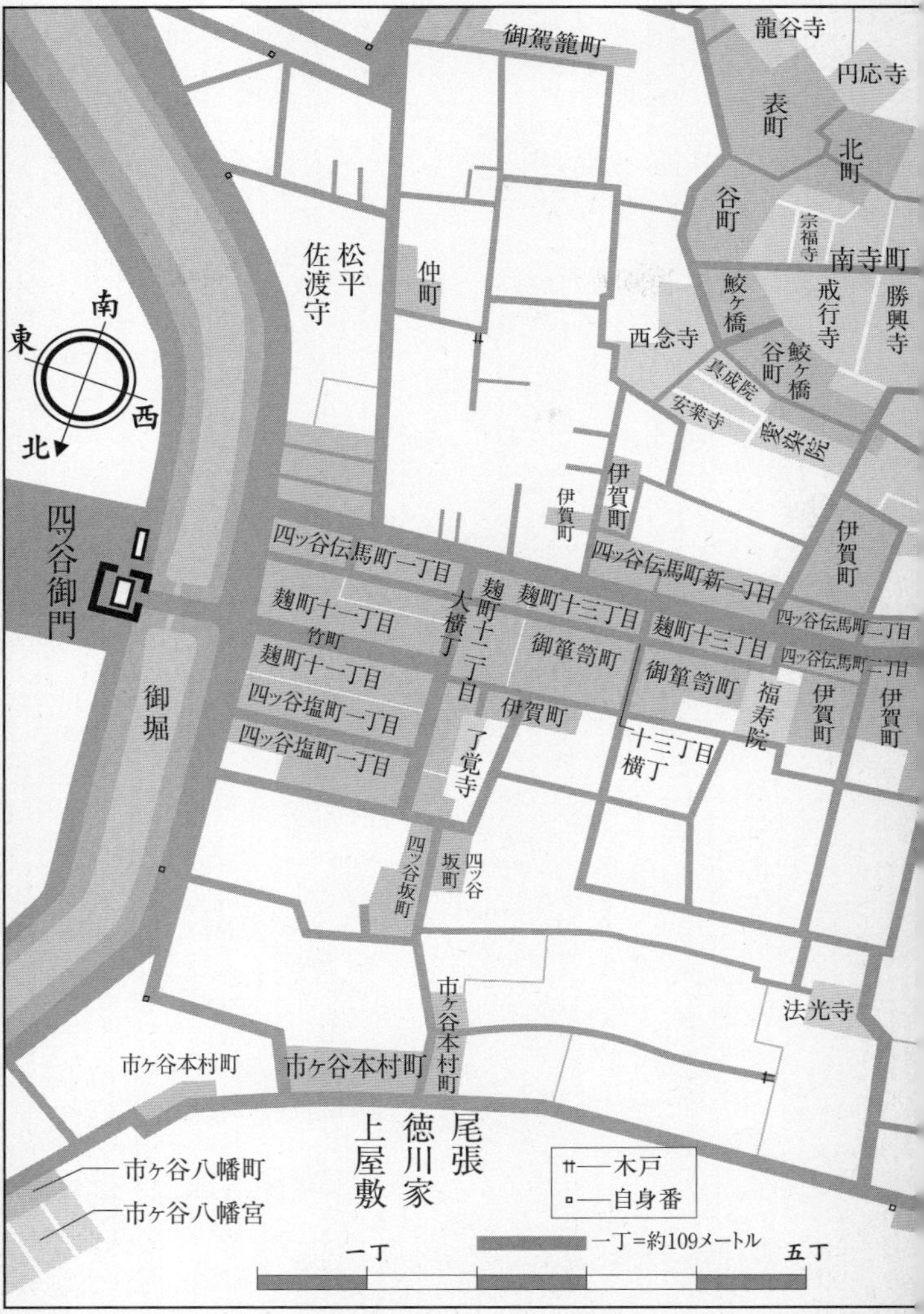

龍谷寺
円応寺
御駕籠町
表町
北町
谷町
宗福寺
南寺町
松平佐渡守
仲町
鮫ヶ橋
戒行寺
勝興寺
西念寺
鮫ヶ橋谷町
真成院
安楽寺
愛染院
南
東
西
北
伊賀町
伊賀町
四ッ谷御門
四ッ谷伝馬町一丁目
四ッ谷伝馬町新一丁目
伊賀町
麹町十二丁目
大横丁
麹町十三丁目
麹町十一丁目
竹町
麹町十三丁目
四ッ谷伝馬町二丁目
四ッ谷伝馬町二丁目
御簞笥町
御簞笥町
麹町十一丁目
四ッ谷塩町一丁目
四ッ谷塩町一丁目
伊賀町
福寿院
伊賀町
伊賀町
十三丁目横丁
御堀
了覚寺
四ッ谷坂町
四ッ谷坂町
市ヶ谷本村町
市ヶ谷本村町
市ヶ谷本村町
法光寺
尾張徳川家上屋敷
市ヶ谷八幡町
市ヶ谷八幡宮
木戸
自身番
一丁=約109メートル
一丁
五丁

富くじ百両

一

夕刻に近く、陽が沈むにはまだすこし間がある。

街道から急ぐように、鋳掛屋《いかけや》の松次郎《まつじろう》が木戸に駈《か》け込んだ。

鋳掛道具を引っかけた天秤棒を、すぐ脇の木戸番小屋の前に放り出すなり、

「杢《もく》、杢さん！　つきつき、つきだーっ」

開け放された腰高障子《こしだかしょうじ》の敷居を跳び越え、舌をもつらせた。

商売道具を肩に急いで帰ったか、額に汗がにじんでいる。

すでに夏場に入った、天保七年（一八三六）卯月《うづき》（四月）のなかばを過ぎたころだった。

「なにを慌てているね」

すり切れ畳に胡坐《あぐら》を組んでいた木戸番人の杢之助《もくのすけ》は、畳の上にならべていた荒物を手で押しのけ、

「座りねえ。月がどうしたって？　お天道《てんとう》さんはまだ沈んじゃいねえが」

「その月じゃねえ。つき、突《つ》き富《とみ》でえ。それも、すぐ近くでよう」

言いながら松次郎はすり切れ畳に腰を下ろし、奥の杢之助のほうへ身をよじった。

「ほう、突き富ねえ。近くでって、市ケ谷《いちがや》の八幡《はちまん》さんかい」

杢之助も胡坐のまま、ひと膝まえにすり出た。江戸庶民で〝突き富〟と聞いて心躍らない者はいない。

富くじだ。箱に入れた木札を長い錐《きり》の棒で突いて当たり番号を決めるから、諸人《もろびと》のあいだでは〝突き富〟とか〝富突き〟といわれている。

これの興行は寺社奉行の管掌《かんしょう》で、大きな神社やお寺が興行主《こうぎょうぬし》になるのだが、とくに目黒《めぐろ》不動で知られる下目黒の瀧泉寺《りゅうせんじ》、谷中《やなか》の感応寺《かんのうじ》、それに湯島天神《ゆしまてんじん》が有名で〝江戸の三富《さんとみ》〟といわれている。

この三富では〝富くじ千両〟が看板で、一等の褒美金が千両と破格で、抽籤《ちゅうせん》の富会《とみえ》の日はいかなる法会《ほうえ》や祭りよりも、境内《けいだい》には老いも若きも男も女も富札《とみふだ》を

手に押しかけ、狂わんばかりに賑《にぎ》わう。この日ばかりは、いかにお寺や神社が寺社奉行管掌の地とはいえ、寺社のほうからそっと町奉行所に警備を依頼するほどだ。

四ツ谷左門町《よつやさもんちょう》の木戸番小屋で、松次郎の口から〝突き富〟と出た瞬間、杢之助は三富を連想したが〝すぐ近く〟だという。

左門町の近くで、富くじを興行できそうな大きな寺社といえば、まず市ケ谷八幡宮が思い浮かぶ。それを松次郎に確かめたのは、

（よし、儂《わし》も）

との思いが、胸中をかすめたからかもしれない。

だが、

「へへん。もっと近く、近くよ」

「もっと近く？　えっ、まさか」

身をねじったまま得意気に言う松次郎の言葉に、杢之助の脳裡に瞬時、不吉な予感が走った。

「あはは。松つぁんたらよ、それが話したくて伊賀町《いがちょう》から天秤棒ふりふり急いで帰ってきたのさ」

羅宇屋《らうや》の竹五郎《たけごろう》が、ゆっくりと腰高障子の敷居をまたぎながら言ったのへ、

「伊賀町？」

「そう、そのまさかの伊賀町の福寿院《ふくじゅいん》さ」

とっさに問い返した杢之助に、竹五郎は応《こた》えながら松次郎の横に腰を下ろし、身を杢之助のほうへねじった。

杢之助はホッと安堵《あんど》の息をついた。

松次郎と竹五郎は、出職《でじょく》から帰るとまず木戸番小屋に立ち寄り、きょう一日、仕事先で見たり聞いたりした話をし、ひと息入れてから湯に行くのが日課のようになっている。天秤棒をひょいと肩からはずすだけの松次郎と違って、竹五郎は背中に担《にな》っている道具箱を降ろさなければならないから、いつも一歩遅れて敷居をまたぐことになる。

「おう、竹。俺の話を横取りするねえ」

松次郎は一喝するように言うと、また杢之助のほうへ向きなおり、

「へへ。きょう一日、福寿院のご門前を借りて店開きしていたのよ」

竹五郎が得意先の裏庭の縁側に煙管《きせる》をならべて脂取《やにと》りや雁首《がんくび》のすげ替えをするのと違い、松次郎は町の角や寺社の門前を借りてふいごを踏み、店開きをする。

そこへ穴の開いた鍋《なべ》や釜《かま》を持った女衆が集まり、いつものことだが井戸端会議ならずふいご端会議の場となり、そこに町の噂《うわさ》が飛び交う。きょうは福寿院の門前だったから、女衆の口から福寿院の話が出た。それが富くじの話なら、たちまち四ツ谷一帯に広まるだろう。

だが、福寿院が富くじを興行するなど、毎日あちこちの町で噂話を耳にしている松次郎も初耳だった。

言った女は町内の長屋のおかみさんだった。

「——えっ、ほんとですかい」

「——あゝ。小坊《こぼん》さんが言っていたよ」

「——それなら、わたしも聞いたけど。寺男《てらおとこ》の爺さんから」

問い返した松次郎に、おかみさんは応え、一緒にいた近くの商家の女中も話に入った。だが、小坊主や寺男の話じゃ頼りない。それにおかみさんや女中の話し口調も熱がこもっていなかった。町内のお寺が富くじを興行するとなれば、町じゅうが大騒ぎになるはずだが、女衆はいっこうに熱を上げていない。おそらく話の出所《でどころ》が小坊主や寺男だったものだから、あまりにも大きな話だけに、かえって半信半疑で、せまい範囲にしか伝わらなかったのだろう。

松次郎はそのようなことを思いながら、しかし、念のためだ。帰りにお寺の庫《く》裡《り》へ挨拶の声を入れたとき、

「納所《なっしょ》さんに直接訊《き》いてみたのよ」

「ほう」

杢之助はさらにひと膝すり出た。

鋳掛屋が寺の門前を借りるとき、お礼にとその寺の鋳掛仕事をタダでする。だから松次郎は納所とでも住持とでも気軽に話ができるのだ。納所とは寺の出納《すいとう》を預かる寺務方の僧侶で、小坊主や使い走りの寺男の話とは重みが違う。

富くじは本当だった。

だが、寺社奉行に願い出ている段階だった。

「なんでい、まだ決まったわけじゃねえのかい」

「そういうがよ、納所さんまで言っていたんだぜ。こいつぁ間違《まちげ》えあるめえ。だからそれを話したくってよ」

杢之助はいくらか気が抜けたが、もし決まれば福寿院富くじ興行の話を、最初に左門町へ持ち帰ったのは松次郎ということになる。しばらくは町内で、

『松つぁんの話だけどさあ』

と、福寿院の富くじが話題になるたびに、松次郎の名も出るだろう。松次郎にすれば、それがまたたまらない。

「もし間違いだったら、赤っ恥かくだけなんだがなあ」

と、丸顔の竹五郎が落ち着いた口調で言えば、

「てやんでえ。こちとらあ、納所さんから直《じか》に聞いたんでえ」

と、角顔の松次郎は鼻息も荒く、

「おっ、いけねえ。そろそろ陽が落ちるぜ。湯だ。竹、湯に行こうぜ」

「おう」

腰を上げ、ふところから手拭《てぬぐい》を取り出したのへ竹五郎もつづいた。

このあとすぐ、湯屋では鋳掛の松次郎を中心に福寿院富くじ興行の話に花が咲き、噂はきょう中にも左門町一帯から、東どなりの忍原《おしはら》横丁、西どなりの塩町《しおちょう》、さらに街道を挟んで向かい側の麦《むぎ》ヤ《や》横丁にも伝わるだろう。

腰高障子は開け放したままである。湯屋に急ぐ二人の背を、すり切れ畳の上から見送り、

「ふーっ」

杢之助はあらためて安堵の息をついた。

さきほど杢之助の脳裡に〝不吉な予感〟が走ったのは、松次郎の〝もっと近く〟の言葉に、忍原横丁のお岩稲荷《いわいなり》と塩町の長善寺《ちょうぜんじ》が浮かんだからだった。

どちらも隣町で左門町の木戸番小屋からきわめて近い。

長善寺は門前町の通りが左門町の通りとおなじで、出入り口が街道に向かって開いており、山門も街道から見える。お岩稲荷は街道からはすこし離れ、左門町の通りと忍原横丁のあいだの小さな通りにある。その名のとおり、四ツ谷怪談のお岩さんの霊を慰めるために建立《こんりゅう》されたお稲荷さんで、もの珍しさもあって杢之助の木戸番小屋に場所を訊きに来る参詣人は多い。

松次郎はこれら近場の長善寺やお岩稲荷の門前を借りて、ふいごを踏むことがよくある。

このどちらかが富くじを興行しても、左門町の木戸番小屋に場所を尋ねに来る人が増えることになるだろう。

それだけではない。富会の日には人があふれ、掏摸《すり》や喧嘩《けんか》や屋台の喰い逃げなど、事件が起きるのは境内の中ばかりとは限らない。頼まれなくても警備のため奉行所から同心が岡っ引や六尺棒の捕方《とりかた》を引き連れ、出張《でば》ってくる。お岩稲荷や長善寺の近くにも自身番があってそこが同心の詰所《つめしょ》になるだろうが、範囲を広げれば李之助のいる左門町の木戸番小屋も当然詰所になるだろう。そうなれば、李之助が同心の案内人にならなければならない。

そのことが、李之助の脳裡に〝不吉な予感〟として走ったのだ。

それは免れた。

興行するのは伊賀町の福寿院だ。越前福井《えちぜんふくい》の永平寺《えいへいじ》を本山とする曹洞宗《そうとうしゅう》のお寺で、お札は厄除《やくよけ》、徐病《じょびょう》、除災《じょさい》に霊験《れいげん》あらたかといわれ、木戸番小屋の奥の松次郎たちの長屋でも、そのお札を壁に貼っている。

霊験はともかく、役人の詰所になるのを免れたとしても、やはり心配は残る。

李之助が毎日開け閉めしている左門町の木戸から甲州街道を江戸城外濠《そとぼり》の四ツ谷御門がある東方向へ、四丁（およそ四百米《メートル》）ほど歩いたところに、伊賀町と御箪笥町《おたんすちょう》を分ける枝道が北方向に口を開けている。わずか半丁（およそ五十米）ほどの往還で、その突きあたりが福寿院だ。

長善寺やお岩稲荷ほどではないが、やはり近い。

捕方を引き連れた同心が十手を手に、

『おう。休ませてもらうぞ』

と、木戸番小屋の腰高障子を引き開けた姿が、つい脳裡に浮かんでくる。

外では陽が落ち、左門町の通りを行く人の影がふっと消えたところだった。松次郎と竹五郎は、

「突き富だぜ、突き富。それもすぐそこの福寿院だ」

「えっ、ほんとうかい！」

と、得意になって湯につかっているだろう。

「さあて、きょうも一日」

と、杢之助はすり切れ畳にならべていた、売り物の草鞋《わらじ》に笊《ざる》や桶《おけ》、柄杓《ひしゃく》などの荒物を部屋の隅へ押しやった。木戸番人は町に雇用されており、どこの木戸番小屋でも町から出る給金だけではやっていけず、荒物や子供向けの駄菓子、冬場になれば焼き芋などを商《あきな》って日銭を稼いでいる。

そうした商い物をかたづけて、きょう一日が終わるわけではない。日暮れてから数回、町内の火の用心にまわり、木戸を閉める仕事がある。

杢之助にはさらにもう一つ、仕事ではないが大事なものが残っている。街道に面したおもてに、居酒屋の暖簾《のれん》を張っている清次《せいじ》と、毎度のことながらすり切れ畳の上で一杯引っかけることである。

暗くなる前にふらりと街道に出て、

「清次旦那、今宵《こよい》も」

と、声をかけたのだ。

清次の居酒屋は木戸を街道に出て東へ一軒目であり、杢之助の木戸番小屋とは背中合わせになっており、木戸を閉めてからでも裏庭づたいに行き来ができる。

二

隅の小さな油皿に、灯芯《とうしん》一本の炎が揺らいでいる。

宵の五ツ（およそ午後八時）時分だ。

拍子木を打ちながら、今宵最初の火の用心から戻ってきたところだ。

軽い下駄の音とともに、腰高障子に淡い提灯《ちょうちん》の灯りがうっすらと映った。

その音と遠慮気味な灯りの射しかたで、杢之助にはそれが誰だか分かる。

おミネだ。清次の居酒屋の手伝いをしている。松次郎や竹五郎とおなじ長屋の住人で、木戸番小屋のすぐ横が長屋の路地の入り口になっている。

清次の居酒屋は街道に面して四ツ谷大木戸に近いという立地から、昼間は一膳飯屋と変わりないが夕刻近くになると、大木戸向こうの内藤新宿《ないとうしんじゅく》の花街へ遊びに行く前にちょいと一杯という客が増える。それらの客足の絶えるのが宵の五ツ時分で、清次の居酒屋は軒《のき》提灯を降ろし、街道は真っ暗となる。

「入りねえ」

李之助の声と同時に腰高障子が音を立て、おミネの色白で細面《ほそおもて》の顔がのぞく。

「李さん。聞きましたよ、福寿院。ほんとうなんですかねえ」

もう噂が広まっているようだ。

「あゝ、松つぁんが納所さんから聞いたっていうからなあ」

「こんな近くで突き富があるなんて、夢のような、初めての話ですよ。でも、いつかしら」

おミネが顔だけ中に入れて話しているところへ、

「おミネさん。まだここで話していなすったかい」

草履《ぞうり》の音とともに聞こえたのは清次の声だった。手に熱燗《あつかん》を入れたチロリを提げている。

「あらあら、清次旦那。きょうもいいですねえ、男同士は」

「木戸番さんと話していると、いろんな町の噂が聞けておもしろいからねえ。とくにきょうなどは」

「福寿院の話でしょ。わたしもご相伴《しょうばん》に与《あず》かりたいけど、これで退散します」

うらめしそうにおミネは身を引き、腰高障子の前を清次と入れ替わった。

「足元に気をつけて帰りなせえ」

「はーい」

杢之助の声が、長屋の路地に入ったおミネの背を追った。

おミネが仕事の帰り、提灯を手に木戸番小屋にひと声入れるのも、松次郎や竹五郎たちとおなじで日課のようになっている。

そのおミネの提灯の灯りが路地から部屋の中に消えたころ、といってもほんの数呼吸のあいだだが、清次はうしろ手で腰高障子を閉め、すり切れ畳に上がり込んで杢之助の湯飲みにチロリの熱燗をそそいでいた。

おもての街道には酔客のぶら提灯がときおり揺れるが、左門町の通りでは、木戸番小屋から洩れる灯芯一本の淡い灯りがあるのみだ。

「聞きましたぜ。いやあ驚きやした。大きなお寺か神社ばかりかと思っていたら、言っちゃあなんですが、こんな町なかのお寺で突き富をご開帳たあ。それにしても、ほんとうですかねえ」

まだ半信半疑の清次に杢之助が、松次郎が福寿院の納所から直接聞いたらしい

ことを話すと、

「なるほど、間違《まちげ》えねえようですねえ」

清次もようやく納得したようだ。

たとえまだ寺社奉行に伺いを立てている段階だとしても、ある程度目鼻がついていなければ納所が松次郎に話したりはしないだろう。

松次郎に話せば竹五郎にも伝わる。二人とも町々をながして歩く商売だ。噂の伝達も商いのコツの一つで、黙っていても四ツ谷一帯どころか近辺の市ケ谷や赤坂、さらに内藤新宿と、二人が商いの縄張にしている町々に宣伝の引札《ひきふだ》（広告）を配って歩くほどの効果はある。

松次郎に訊かれたとき、納所はそれを思って〝寺社奉行に願い出ている段階〟だと断りながらも、福寿院での富くじ興行を話したのかもしれない。

そうだとすれば、認可《ゆるし》の出ることが、

（ほぼ確実な段階に来ている）

杢之助も清次も判断した。

「ははあ、分かりやしたぜ。杢之助さん」

言いながら清次は、空になった杢之助の湯飲みに、ぬる燗になったチロリをか

「あっしを今宵、呼びなすった理由が」

淡い灯りのなかで、杢之助の顔に視線を向けた。灯芯一本の灯りでは、差し向かいに胡坐を組んでいても顔の皺《しわ》は隠され、六十に近い年行《としゆ》きを重ねた老人には見えない。実際、細身で筋肉質の体躯《たいく》に身のこなしや背筋の伸びなど、十年も若い清次と遜色はなく、さらに十年も若い松次郎や竹五郎たちとも変わりはないほどだ。清次も細身の筋肉質で、杢之助と体躯が似ている。そういえば、そろそろ四十路《よそじ》を数える細身のおミネも、色の白さが十年も若く見せている。

淡い灯りに清次は杢之助を見つめたまま、

「福寿院は街道に出てちょいと向こうで、となり町も同然でさあ。そんな近くで突き富なんざ、どんな騒ぎが起こるか知れたもんじゃござんせん。となると、町奉行所の同心がこっちの左門町にまで出張ってくるかもしれやせん」

「おっと、その先を言うねえ。分かっているならよう」

言いながらも杢之助にとっては、互いに以前を知る相手と話しているときが、最も心が落ち着くのだ。

清次もその気になって話をつづけた。

「あはは、言わせてもらいやすぜ、杢之助さん。突き富は間違えねえと思いやすが、それがいつになるかはまだ分かりやせん。そんなことにいまから気を揉《も》んでいなさるなんざ」

「うふふ。取り越し苦労だと言いてえのだろう」

「へえ、さようで。あっしはここで杢之助さんに静かに生きてもらいたいのでさあ。それを杢之助さん自身がそのように取り越し苦労をなさっていたんじゃ、ゆっくりもできねえでやしょうに」

「そりゃあ儂《わし》もこの町で、静かに埋もれて暮らしたいさ。ところがこんどばかりは、どんなことが出来《しゅったい》するか分からねえ。なにしろ突き富だぜ」

「そのときになってから考えてもいいじゃござんせんか。杢之助さんがいつもおっしゃっている、奉行所にゃどんな目利きがいるか知れたもんじゃねえってのも」

「そうよ。与力も同心もなあ、目利きぞろいと見なきゃならねえ。用心に超したことはあるめえ」

「そりゃあそうでやすが」

「いまのうちに福寿院の厄除のお札でも買って、この小屋のどこかに貼っておこうかい。あはは、儂らがそんなことをしたんじゃ、かえって仏さんが怒って仏罰があたるかもしれねえなあ」

「ま、なんにも考えず、ともかく静かに暮らしておくんなせえ」

「そうさせてもらえねえから困るんじゃねえか。おっと、もうそろそろまわらなきゃならねえ時分だ」

「へえ、そのようで」

杢之助が身をよじって部屋の隅から提灯と拍子木を引き寄せ、清次も空になったチロリを手に腰を上げた。

木戸を閉めるのは夜四ツ（およそ午後十時）で、この前にもう一度町内を一巡するのが木戸番人の決まりである。

「お気をつけなすって」

と、街道に出ておもてから帰る清次の背に、

――チョーン
拍子木のかわいた音につづいて、

「火のーよーじん、さっしゃりましょうーっ」

杢之助の、皺枯《しわが》れた声が聞こえてきた。

ぶら提灯の柄を腰に差し、いくらか前かがみになって拍子木を打ちながら、下

駄に木戸番人に決まりの白足袋《しろたび》を履き、暗い空洞となった左門町の通りをながす姿は、どこから見ても番太郎の爺さんだ。

三

長屋の路地から、釣瓶《つるべ》で水を汲む音にまじって、団扇《うちわ》で七厘《しちりん》をあおぐ音が聞こえてくる。

まだ日の出前だ。

（おっ、きょうは早いなあ）

思いながら杢之助は下駄をつっかけ、腰高障子に音を立て一歩外に出た。

「あっ、杢さんも起きてきた。ねえねえ、ちょいと」

路地から声をかけたのは、一番手前の部屋の左官屋の女房だ。起きたばかりで水を汲みに出てきて、まだ丸髷《まるまげ》も寝乱れたままだ。両手で水桶をかかえている。

木戸番人はどこの町でも、十把一絡《じっぱひとから》げに番太郎とか番太と呼ばれているが、左門町だけは杢さんとか杢之助さんと名を呼んでいる。杢之助にすればまわりの町々の木戸番人とおなじように、おい番太郎とかねえ番太さんと呼ばれ、町のなかに人知れず埋もれていたいのだが、周囲がそうはさせないのだ。

「ねえ、ほんとうなの。福寿院で突き富があるって」

「なにを訊いてやがる。杢さんにゃきのう、俺が教えてやったんだぜ」

釣瓶の手をとめ、怒るように言ったのは松次郎だ。長屋の住人がいつもより早く起きて井戸端会議を始めたのは、どうやら福寿院の富くじの話を、すこしでも早く知りたいからのようだ。

木戸番小屋の前で杢之助は、

「あゝ、そのとおりだ。だから儂も驚いているのさ」

言うと背を向け、木戸のほうへ向かった。向かったといってもすぐ目の前だ。

「ほら、みてみねえ。この話、最初に持ち帰ったのは俺だぜ。しかも、納所さんから直に聞いてよ」

「なに言ってんのさ。ただ福寿院で突き富があるっていうだけで、それがいつで一等の褒美《ほうび》金もいくらか判《わか》らないんじゃや、話にならないじゃないか」

「だからよう、もうすぐ判るって」

松次郎と左官屋の女房がやり合っているのを背に、木戸に近づくと、

「おう、番太さん。いつもここは日の出前に開くので助かるよ」

言うのはいつもの豆腐屋や納豆売りだ。外来の者はやはり、他の町の木戸番人とおなじように呼んでいる。それが杢之助にとっては、心休まるものとなっている。

朝商《あさあきな》いの者にとって、日の出とともにという町々の決まりよりも早く開く左門町の木戸は、他の町にくらべありがたい。なかには日が昇っても木戸番人が寝過ごし、大声で呼ばなければならない木戸もあるのだ。

「おうおう、きょうも稼いでいきねえ」

閂《かんぬき》をはずしながら言う杢之助に、

「おう、ご苦労さん」

「助かるぜ」

朝商いの棒手振《ぼてふり》たちが、杢之助に声をかけながら街道から左門町に入ってくる。きょうは魚屋も来ている。

それら棒手振たちが、左門町の木戸を入ると最初の触売《ふれうり》の声を入れるのは、木戸番小屋の横の長屋の路地だ。だから松次郎たちは毎朝、江戸で一番早く朝の触売の声を聞くことになる。

さっそく、

「へい、お早うございます。豆腐はいかがで。ゴホン」

「おっ、きょうは早いねえ。ここのお人ら。ゴホン。さかな、ゴホン」

「あらら、ご免なさいねえ」

と、おミネが団扇の手をとめた。煙が長屋の路地に充満している。きょうの火《ひ》
熾《おこ》し当番はおミネのようだ。

長屋の住人たちは豆腐や納豆、魚を買うよりもさきに、

「ねえ、あんたがた。あっちこっちの町に出入りしているからさあ」

「へえ、もちろん」

「だったら知っているでしょう。伊賀町の福寿院さんのこと」

「福寿院？　すぐそこじゃねえですかい。それがなにか？」

手前から二軒目の大工の女房が訊いたのへ豆腐屋が応えた。富くじの話が出ま
わっているなら、福寿院と聞いただけで〝突き富ですかい〟と、打てば響くよう
に返ってくるはずなのに、〝それがなにか〟とは、まるで気の抜ける返事だ。

「えっ？　知らないのかい。福寿院さんが突き富をやりなさるって」

「えぇえ！　ほんとうですかい!!」

と、ようやく響くように反応したのは納豆屋だった。だが、

「えぇえ！　知らなかったの？　松つぁん、どうなっているの」

大工の女房と左官屋の女房が、松次郎に疑惑の目を向けた。

「なんでえ、その顔は。棒手振が知らねえからって、俺の話が嘘だってのかい」

「そうは言ってないよ」

「言っているじゃねえか、その面《つら》は」

「だからさあ、その話はきのう松つぁんが福寿院の納所さんから初めて聞いたことで、細かい内容はこれから判ってくるはずだよ」

竹五郎が釣瓶の手をとめ、助け船を出した。

「そう、そういうことよ。俺がまた詳しい話を聞いてくらあ」

「さあさあ、皆さん。種火《たねび》ができましたよ。みんな七厘、持ってきて」

おミネが声を入れ、

「さあ、きょうの朝めしに納豆を」

「魚も生きのいいのがあるよ」

ようやく朝の商いが始まった。

「あっ、その前にうちも水を汲んでおかなくっちゃ」

左官屋の女房があわてて長屋の部屋に飛び込み、

「さあ、おまえさん。起きた、起きた」

亭主を起こす声が聞こえてきた。

ちょうど日の出だった。

普段なら、これから長屋の路地に朝の喧騒が始まるところだ。まだ寺社奉行の認可が下りる前からこれほど盛り上がるのだから、実際に福寿院が富札を売り出す段になると、それがどのようなかたちで左門町に波及するか知れたものではない。

「番太さん、あしたもまた頼まあ」

「とーふぃー、とおふっ」

「なっとー、なっと」

朝の棒手振たちは左門町の通りを奥へと入っていった。噂はさらに広がることだろう。

「ふーっ」

木戸番小屋の中で杢之助は溜息をつき、桶と手拭を手にまだつづく喧騒のなかに入った。

「あら、杢さん。七厘、持ってきてくださいな。種火、入れておきますから」

おミネが七厘の前にしゃがんだまま言った。いつも髷は結わず、洗い髪のままうしろで束ねている。

朝の喧騒に一段落がつき、出職や外商《そとあきな》いの住人が塒《ねぐら》を出るのは明け六ツ半（およそ午前七時）ごろである。

「おう、杢さん。ちゃんと訊いてくるぜ」

腹掛《はらがけ》に腰切半纏《こしきりばんてん》を三尺帯で決めた松次郎が、鋳掛道具を引っかけた天秤棒を肩に木戸番小屋に声を入れれば、

「きょうも近場《ちかば》の伊賀町なもんでね」

と、おなじ職人姿で道具箱を背負った竹五郎がつづく。羅宇屋の道具箱には抽斗《ひきだし》が幾つかついており、上に煙管や羅宇竹を刺し込む穴がいっぱいあって、歩に合わせてそれらがカチャカチャと心地よい音を立てる。

「おう、待ちねえ」

杢之助は荒物をならべていた手をとめ、すり切れ畳から跳び下り下駄をつっかけ走り出た。

二人はちょうど木戸を街道に出たところだった。

「なんでえ」

松次郎が首だけふり返らせたのへ、

「きょうも福寿院の門前かい。突き富の話、もっと詳しく」

「あたぼうよ。訊いてくらあ」

「きょう訊いたって、きのうとまだ変わりはねえと思うがなあ」

竹五郎も足をとめて言ったのへ、

「てやんでえ。ともかく俺が詳しく訊く以外ねえじゃねえか。さあ、行くぞ」

「おう」

角顔の松次郎が天秤棒の紐を引き寄せるようにつかんでぶるると振れば、丸顔の竹五郎は両手をうしろにまわし、道具箱を浮かせるように持ち上げ、煙管や羅宇竹にガチャリと音を立てる。仕事に出るときの、二人のいつもの仕草だ。

街道にはすでに荷馬や大八車が出ている。西へ向かう旅姿の者に、数人が連れ立っているのは見送り人であろう。甲州街道では江戸府内からの見送りは、四ツ谷大木戸までというのが一応の相場になっている。左門町から西へ五、六丁（五、六百米）ほどのところに四ツ谷大木戸の石垣が見える。清次の居酒屋では、この時分から軒下に縁台を出し、一杯三文のお茶を商っており、四ツ谷大木戸まで見送りに出た者からけっこう重宝がられている。すでに三人ほどのお店者《たなもの》風の男と女中さんらしいのが一人座っているが、おそらく旅に出るお仲間を見送っての帰りだろう。

いずれもが朝早くから動いている。それらの姿が、杢之助にはまぶしく見える。それら往来人のなかに見え隠れする天秤棒と道具箱の背に、

「おうおう。きょうもいっぱい稼いできねえ」

杢之助は目を細めた。

木戸番小屋に戻り、ひと息ついてからだった。

左門町の通りにけたたましい下駄の音が響いた。

「ほーら、来なすったか」

これも音で誰だか分かる。杢之助は三和土《たたき》に跳び下り、開け放した腰高障子のすき間を埋めるように立った。

「杢さん、杢さん」

大きな声に通りを歩いている人がふり返る。左門町の通りの中ほどに暖簾を出している、一膳飯屋の小太りのかみさんだ。

「どうしなすったね。そんなに慌てて」

「どうしなすったじゃないよ。千両、千両！　聞いた？　杢さん、ほんとうなん

だろうねえ」

　李之助が通せん坊をしているので中に入れない。外に立ったまま、声も大きい。千両という言葉に、往来人で思わずふり向く者もいる。

「千両？」

「そうさ。伊賀町の福寿院さん、ひと突き千両の突き富をやりなさるって？」

　おそらくさっきの棒手振たちから聞いたのだろう。なんと早くも千両の尾ひれがついている。

　棒手振たちがそう言ったのか、一膳飯屋のかみさんがかってに解釈したのか知らないが、それも無理からぬことだ。実際に三富は褒美金の一等の最高額が、庶民には夢のまた夢の千両なのだ。だから諸人は熱狂し、富会の日には境内が狂わんばかりの騒ぎになるのだ。

　だがそれは三富の場合だけで、その他の寺社は興行しても最高額五百両とか三百両、百両というのが多い。百両にしても町衆には夢の額だ。

　この一膳飯屋のかみさんの耳にひとたび入れば、半日と経ないうちに近辺の町々に広まるのは必至だ。

（いかん）

李之助はとっさに思い、松次郎が福寿院の納所から聞いたことや、まだ寺社奉行に伺いを立てている段階であることを説明した。騒ぎが大きくなっては困る。それに、初めて富くじを興行する福寿院が、しかも寺の規模からいっても一等が千両であるはずがない。

「なあんだ。まだ決まったわけじゃないんだ」

かみさんは肩を落とし、

「でもさ、決まったら一番に教えておくれよ」

念を押すように言うと、一膳飯屋のほうへきびすを返した。

ちょうど長屋の路地からおミネが出てきた。朝五ツ（およそ午前八時）だ。この時分に日の出から縁台の客にお茶を出していた清次の女房の志乃《しの》と店番を交替する。四十路に近い年行きには、すこし派手な紅《あか》みがかった前掛に下駄の鼻緒も紅い。繁華な市ケ谷八幡門前の若い茶汲み女を真似ているのだが、おミネにはそれがけっこう似合っている。

「やっぱり一膳飯屋のおかみさん、来ていましたねえ。福寿院の話でしょ」

「あゝ」

李之助は苦笑いしながら、

「褒美金が千両だってよ」

「えっ。そんなこと、松さん言っていなかったけど」

「だから、まだ伺いを立てている段階だって、ちゃんと話しておいたよ」

「あのおかみさんに効き目あるかしら」

「分からねえ。それよりもおもての縁台、さっきお客さんが座っていたぜ」

「あら、いけない。早く交替しなくっちゃ」

おミネは街道のほうへ軽やかに下駄の音を響かせて行った。

さっきから杢之助は腰高障子のところに立ったままだった。一歩外に出て黒い髪が揺れるおミネの背を見送った。

その日、松次郎はきのうにつづいて福寿院の門前で店開きをしたが、やはりきのうのきょうだ。富くじについて新しい話は聞けなかった。一軒一軒裏庭に入る羅宇屋の竹五郎も、きのう松次郎が女衆から聞いた以上の噂を耳にすることはなかった。さすがは地元で、話は現実的で誇張はなかった。

だが、入った得意先の隠居が、

「わしも五十年以上この町に住んでいるが、福寿院さんが突き富をなさるなんざ初めてのことだ。いつになるか知らねえが、いまからわくわくするよ」

と、いかにも期待しているように言っていた。

そのつぎの日から松次郎と竹五郎は市ケ谷や鮫《さめ》ガ橋《はし》のほうをながしたが、富くじの噂を聞くより自分たちのほうから広めるかたちになった。だが聞いた者は、

「えっ、伊賀町の福寿院さんで！」

と、驚きの声を上げ、

「ほんとうかい」

と、半信半疑になるのがほとんどだった。

その後、伊賀町のほうから新たな知らせはながれてこず、

「ほんとうなんだろうねえ」

と、一膳飯屋のかみさんも〝千両〟を口にしなくなった。

松次郎の第一声から十日ほどを経たときだった。新たな動きが意外な方向から左門町に伝わってきた。

四

あと数日で皐月《さつき》（五月）に入るという、外を歩いただけで汗がにじむ暑い日だ

った。もちろん、部屋の中にいても暑い。

午過《ひるす》ぎだ。李之助は木戸番小屋の腰高障子も櫺子窓《れんじまど》も開け放し、すり切れ畳の上にごろりと横になっていた。

櫺子窓の外に雪駄《せった》の音が聞こえた。

「おっ、あの音は」

李之助は閉じていた目を開けた。櫺子窓の外はすぐ木戸で、音は街道から入って来たようだ。

「おう、バンモク。いるかい」

だみ声とともに敷居をまたいで木戸番小屋の三和土に立ったのは、岡っ引の源《げん》造《ぞう》だった。太い眉毛にぎょろ目で肩幅も広く、押し出しの効く面構えに体躯だ。

(福寿院のことか)

寝ころんだまま李之助は直感した。

源造の塒《ねぐら》は四ッ谷御門前の御箪笥町にあって、女房が小ぢんまりとした小間物屋の暖簾を出している。水商売上がりの女房で愛想がよく、店は小さいがけっこう繁盛している。

福寿院の山門に立てば東手が御箪笥町で、西手が伊賀町であり、いわば源造にとって福寿院は町内も同然である。

「どうしたい。この暑いなかをわざわざ来るってのは、単なる見まわりじゃねえようだな。それとも昼寝のじゃまをしに来たかい」

李之助は上体を起こし、胡坐を組んだ。

「こきやがれ」

源造は自分ですり切れ畳の上の荒物を手で押しのけ、勢いよく腰を下ろして片方の足をもう一方の膝に乗せ、上体を李之助のほうへねじった。いつもの源造の、話し込むときの姿勢だ。

「おめえのことだ。もう噂には聞いているだろう」

「福寿院のことかい、突き富の」

「そうだ。本決まりになったぜ。寺社奉行から認可《ゆるし》が出たのよ」

「ほう。で？」

表情には出さないが、李之助の心ノ臓は高鳴った。静かに生きたいと願う思いが、

（乱される）

直感したのだ。源造がわざわざ富くじの件を告げに来たのは、李之助にとって

はロクなことではあるまい。

「あはは。おめえもやっぱり人の子で、気になるかい。こんな近くで、しかも俺の縄張内《しまうち》で突き富ご開帳たあ初めてのことだ」

源造の声は、いつもより弾んでいる。

「そういうことになるなあ。で、用件は？」

「おう、それよ」

源造は身をよじったまま太い眉毛をびくりと上下させ、

「きょう、朝のうちに俺が八丁堀の旦那に呼ばれたと思いねえ」

「あゝ、思った」

「寺社奉行から福寿院へ認可が下りたのはきのうだ。どこでも突き富がありゃあ、そのお寺や神社だけじゃなく、近在の町も巻き込んでの大騒ぎになることはおめえも知っているだろう」

「あゝ」

もったいぶった言い方をする源造に、杢之助は内心、早く具体的な用件に入れとじれったい思いになった。

一方、源造はいかにも得意そうに、眉毛をひくひくと動かしている。

「それにその騒ぎに乗じて、町々に吝《けち》な悪党どもがちょろちょろしやがるのもいつものことだ」

「あゝ。話には聞いていらあ」

「それがよ、三富のようなところじゃいつものことで、悪戯《わるさ》で動きまわるやつらはおよその見当がつき、土地《ところ》の同業は前もって目串《めぐし》を刺しやすいのよ。ところがこっちにすりゃあ、なにもかも初めてだ」

「まったくだ。なにもかもなあ」

「それでよ」

源造はなにやら大事そうにふところを押さえ、上体を乗り出すように杢之助のほうへかたむけ、

「さっそく福寿院じゃ寺社奉行をとおし、町奉行所によろしくと言ってきたのよ。それで地元の俺が八丁堀の旦那に呼ばれたってわけさ」

源造は言うと前にかたむけた身を戻し、さきほどから大事そうに押さえていたものをふところから取り出し、

「そこで、旦那からこれを預かったのよ」

すり切れ畳の上に置いた。

なんと、十手《じって》だ。

岡っ引などというのは、奉行所の正規の役職ではない。以前捕えて牢に入れた悪党のなかから、同心がこれはと見込んだ者を自分の手先とし、

――この者、当方の存知よりにつき

と認《したた》めた手札《てふだ》を渡して町場に放った者のことだ。いわば、一人の同心から私的に雇われた耳役《みみやく》である。悪党の動きを探るには、やはりその道に通じている同類が一番か、これがけっこう役に立つ。

雇われるといっても、給金などは子供の小遣い銭程度で、町が雇用している杢之助などの木戸番人よりもまだ低い。だが、ひとたび同心から手札をもらえば、縄張とした町では同心の分身となり、町の揉め事や住人同士の諍《いさか》いの仲裁役になったり、飲食の店では乱暴な酔客を押さえるなど、そこから入る礼金がかなりの額となる。そうでなくても縄張内の商家に、〝おう、なにか困ったことはありやせんかい〟などと顔を出せば〝これは親分〟と、いくらかの小遣いが入る。商舗《みせ》にすればやましいところがなくても、店先で岡っ引に陣取られては商いの邪魔になる。そうしたことで要領のいい岡っ引などは、配下の下っ引を幾人か抱えたりしている。

もちろん元が悪党であるため、なかには岡っ引風を吹かして強請《ゆすり》まがいのことをする者もいる。むしろそのほうが多く、だから岡っ引は、町場で蛇蝎《だかつ》のように嫌われている。

だが、源造は嫌われてはいない。もちろんふらりと立ち寄った商舗でいくらかおひねりを頂戴し、清次の居酒屋に入っても代金を払ったりしない。他の飲食の店でもおなじだ。それに見合うことを源造は充分にしており、町の平穏にはずいぶん役に立っているのだ。

しかし岡っ引はあくまで同心の耳役に過ぎず、だから当然十手や捕縄《とりなわ》を持たせられてはいない。岡っ引が同心から十手や捕縄を渡されるのは、よほど緊急の打ち込みがあったときくらいだ。

だがいま、源造は房なしの十手をすり切れ畳の上に置き、得意気に眉を上下に動かしている。

杢之助は内心ハッとした。

十手を目の前に見せられたからではない。

奉行所の同心が、源造に十手を預けたことに対してである。

同心が源造を信頼している証《あかし》であるが、それだけではない。

寺社奉行が町なかのそう大きくもない寺に、富くじの興行を認可《ゆる》した。おそらく越前福井の永平寺のうしろ盾があったのだろう。

『なんとしても、町場での不祥事は防いでくだされ』

永平寺から寺社奉行に依頼があり、寺社奉行は町奉行所に合力《ごうりき》を頼み、そのながれの末端が、いま左門町の木戸番小屋で源造がふところから出し、すり切れ畳の上に置いた十手であろう。それだけ町奉行所が、本腰を入れているということになる。

「どうでえ、持ってみるかい」

「いいのかい。どれ」

杢之助は十手を手にした。鋼鉄でできており、ずしりとした重みがある。同心が常に持っているのは朱房がついており、それがふところからちらちら見える。権力と権威の象徴である。源造が預かったのは房なしだが、それを持った岡っ引はまさしく同心の分身といってよい。

「ほう、大したものじゃねえか。で、捕縄は？」

「あゝ、預かっていらあ。いまは御箪笥町に置いているが、まもなくこの一帯で吝な悪党がうごめき出さあ。そうなりゃあ、いつもふところに入れておかなきゃならなくなるだろうなあ」

言いながら源造は十手を杢之助から受け取り、ふところの帯の内側に差し込んだ。

目を光らせねばならないのは、富会の日の掏摸や喧嘩、高額な褒美金に当たった者の警護だけではない。幾月も前から、源造のいう〝吝な悪党〟が富くじを中心にうごめき始めるのだ。

「だからよう」

「儂ら町々の木戸番人に、注意しろってかい」

「なにを言いやがる。町々の番太郎はなにも言わなくたって、みょうなやつの出入りに注意するのはあたりめえのことだ。だがよバンモク、おめえは特別だ」

「またかい」

太い眉毛をびくりと上下させて言った源造に、杢之助はうんざりした表情をつくってみせた。

これまで源造は、縄張の四ツ谷や市ケ谷界隈で起こった賭場《とば》開帳や付け火、拐《かどわ》かしなど数々の事件で手柄を立て、同心の覚えもめでたいのだが、それらの多くは杢之助の合力があったからだった。だから源造は杢之助を他の町の木戸番人と区別をつけ、バンモクなどと呼んでいるのだ。

「そう厭《いや》な面《つら》をするねえ。伊賀町と御箪笥町は俺の膝元で住人の名も顔も全部知っていらあ。ここはまあいいとして、この左門町と両どなりの塩町に忍原横丁、それに向かいの麦ヤ横丁をおめえに任すぜ。麦ヤ横丁の榊原《さかきばら》の旦那にもよろしく言って、合力してもらいねえ。あの旦那がついていてくださりゃあ、おめえも心強いし、俺も安心できらあ」

「なにを勝手なことを言いやがる」

「勝手なことじゃねえぜ。福寿院のためだけじゃねえ。町の住人が吝な話に乗せられ、縄付きになったりするのを防ぐためだ。いわば町のためでもあるんだぜ」

それが源造の本心であることを、杢之助は知っている。だから界隈で源造の評判は他の町の岡っ引のように悪くはなく、むしろ頼りにされているのだ。

それに杢之助にとって、ありがたいことが一つある。杢之助がいかに源造を助《す》けて手柄を立てさせようが、源造は奉行所の同心に、

『左門町の木戸番に、頼りになるのが一人おりやして』

などと報告することは絶対にないのだ。源造にすれば、報告すれば自分の手柄が半減するからだ。それが杢之助には、

(そうしなせえ)

と、かえって積極的に合力する要因になっているのだ。それに杢之助には、事件のあるたびに源造に合力しなければならない理由《わけ》がある。

杢之助は清次に、

「――奉行所にはな、どんな目利きがいるか知れたものじゃねえぞ」

口ぐせのように言っている。

事件が起きれば、奉行所から役人が出張ってくる前に、

(源造に解決させる)

杢之助にとっても、それが一番なのだ。

奉行所の役人が出張ってきて、十手風を吹かすことのない町。杢之助にとって、左門町はそうでなければならないのだ。

「源造さん、いいともよ。手習い処の榊原さまに話しゃあ、きっと合力してくださるよ。そういうお人だ、あのお師匠はなあ」

「おぉう、バンモク。ありがたいぜ」

源造は上体を杢之助のほうへねじったまま、眉毛をひくひくと動かした。まだ

話があるようだ。

開け放された腰高障子の外に、軽やかな下駄の音が聞こえた。

おミネだ。急須《きゅうす》と湯飲みを載せた盆を両手で支えている。清次に言われ、ようすを見に来たのだ。

「暑い日がつづきますねえ。こんなときに熱いお茶は体にいいんですよ」

言いながら敷居をまたぎ、盆をすり切れ畳の上に置くおミネに、

「きょう源造さんが来なすったのはねえ、ほれ、福寿院の突き富、興行の日が決まったって」

「えっ、ほんとうですか」

杢之助の言ったのへおミネは声を弾ませ、

「そうよ。もろに俺の縄張内《しまうち》だからなあ」

源造が得意げに言う。

「それで、みょうな騒ぎにならねえようにって、源造さんが町々に触れていなさるのさ」

「まあ、それはご苦労さんでございます」

おミネは空になった盆を小脇に、腰高障子の敷居を外にまたいだ。

これで源造が左門町の木戸番小屋に来た目的が、清次に伝わるはずだ。

「俺の縄張内に木戸番小屋は一杯《いっぺえ》あるが、近くの飲食屋がわざわざ茶を持ってきてくれるのは左門町《ここ》だけだぜ」

源造は満足そうに熱いお茶に口をつけ、

「さっきの話だがなあ」

と、ふたたび杢之助のほうへ身をよじった。

「ここの長屋の松と竹よ。あいつらにも、これから福寿院の突き富をめぐって吝な儲け話が出まわらねえか、気をつけるように言っておいてくんねえ。あいつらの集めてくる噂にゃ、ときおり宝物が混じっているからよ。あいつら二人、俺の下っ引になりゃあ、いい思いさせてやれるんだがなあ」

「ま、そいつは無理な話だ。だがよ、町の噂を拾うのは儂から頼んでおくぜ」

「それでもいいや。頼むぜ」

源造は上体を元に戻し、膝に上げていた足を下ろした。

町内のおかみさんが木戸番小屋の中をのぞき、

「あらぁ」

「またあとで来ますね」

言って立ち去った。荒物を買いに来て、源造がいるのを見て遠慮したようだ。腰を上げようとする源造に李之助は、

「待ちねえよ」

「なんでえ。用はもう終わったぜ」

「終わっていねえぜ。富会はいつでえ。それに褒美金はいくらで富札一枚いくらか、なあんにも話していねえじゃねえか」

「おう、そうだったなあ。悪い、悪い」

源造は応え、浮かしかけた腰をまた元に戻し、

「富会は八朔《はっさく》だ」

「えっ。葉月《はづき》（八月）の朔日《ついたち》かい。また縁起のいい日を選んだなあ」

李之助は返した。同時に、緊張を覚えた。福寿院が富会を、わざわざ八朔に重ねたことに対してである。

その昔、神君家康《いえやす》公が江戸に入府した日が八月一日、すなわち八朔の日で、毎年この日は諸大名が登城して将軍家に祝辞を述べる日となっている。

ますます不祥事があってはならない。源造が十手を預かったのも、そこに理由があったのかもしれない。

町方がいっそう本腰を入れることへの不安を杢之助は隠し、

「うーむ、三月後《みつき》か。で、富札一枚いくらで褒美金はどのくらいなんでえ。まさかお祝いの意味をこめて、三富みてえに千両ってことはあるめえ」

「あたりめえじゃねえか。たとえ八朔だといっても、言っちゃあなんだが、それほど大きくもねえお寺で、しかも初興行だ。そんな気の遠くなるような額を、寺社奉行が認可《ゆる》すはずねえじゃねえか」

「だから、いくら」

「知らねえ。富会の日は奉行所で聞いたがよ、褒美金も富札の値も、それにどこが札屋《ふだや》になるか、細かいことについてはこのあと納所さんに会って、いろいろ打合せがあるからなあ。そのとき訊いておくぜ。ま、そういうことだ。これから三月あまり、この一帯もえれえ騒ぎになるぜ」

源造はふたたび腰を上げ、敷居をまたごうとした足をとめ、

「そうそう。俺は地元の人間ということもあって、十手を持ったまま福寿院の境内に入ってよ、仕事をしてもいいって赦免《ゆる》されているのよ。ところが八丁堀の旦那はそうはいかねえ」

源造は三和土に立ったまま、一歩すり切れ畳のほうへ戻って声を落とした。杢

之助も合わせるように、胡坐のままひと膝まえにすり出た。

源造は言った。

「寺社奉行が町奉行所に頼んでおきながら、小銀杏《こいちょう》に着ながしご免の町方の旦那衆が境内に入ってもらっちゃ困るたあ、まったく吝《けち》な根性だぜ。それでよ、隠密廻り同心の旦那衆が、なにかの扮装《いでたち》を扮《こしら》えて近辺の町場に出なさるかもしれねえ」

「えっ」

杢之助は、源造に感づかれないほどの声を上げた。

「この縄張内でよ、隠密廻りの旦那らが嗅ぎつけなすったことにこっちが知らなかったじゃ、土地《ところ》の者として立つ瀬がなくならあ。これからの三月、いささか長丁場になるが、そのつもりでおめえも気張ってくれ。頼んだぜ」

言うと源造はきびすを返し、悠然と敷居をまたいで出ていった。

雪駄の音が遠ざかる。櫺子窓から、左門町の木戸を出る源造の背が見えた。

「うーむ」

杢之助は唸《うな》った。

隠密廻り同心が町に入ってくる。杢之助が最も恐れていることである。それは行商人か、あるいは松次郎たちに似た職人姿か。道を尋ねるふりをして、この木戸番小屋に来るかもしれない。

五

すぐだった。

けたたましい下駄の音。一膳飯屋のかみさんだ。

気づくのが遅かった。杢之助が顔を上げたときには、もうかみさんは開け放された腰高障子の空間を埋めていた。

「ねえねえ。いま帰ったの、源造さんだったよねえ」

言いながら敷居を跳び越えるなり、

「突き富の話だよねえ。いつ、いつ。褒美金は？　富札一枚いくらだって？」

矢継ぎ早に問いながら、さっきまで源造がすわっていたすり切れ畳にどんと腰を据え、杢之助のほうへ身をよじった。

「あゝ、突き富の話さ。八朔の日だってよ」

「えっ、ハッサク！　将軍さまの？　えーっと」

かみさんは指を折り、

「三月《みつき》あまりも先か」

「そお。だから褒美金も富札の値もまだ分からねえ。源造さんも知らなかったから、お寺がまだおもてにしていねえのかもしれねえ。ともかく富会は八朔の日だ。みんなに教えてやんねえ」

杢之助はしつこく訊かれる前に先手を打った。

「あぁ、そうだね。八朔に千両。もうたまらない」

言いながらかみさんは興奮したように腰を上げ、木戸番小屋を飛び出た。

「これこれ、おかみさん。千両なんて誰も言っちゃいないよ」

杢之助は追いかけるように言ったが、おそらくかみさんの耳には入っていないだろう。ともかく長居されなかったことに、杢之助はホッと息をついた。それにしても、すでに〝千両〟がかなり出まわっているようだ。

このあともすぐだった。けたたましい下駄の音が遠ざかるのを待っていたように、

「おじゃましますよ」

丁寧な商人言葉で木戸番小屋の敷居をまたいだのは、おもての清次だった。夜

とは違い、昼間は他人《ひと》の目も耳もある。李之助と清次はあくまでも、街道おもてに暖簾を張る居酒屋の旦那と、町に雇われている木戸番人の関係でなければならない。

さっきの一膳飯屋のかみさんもそうだったが、清次の居酒屋も昼の書き入れ時が一段落し、夕の仕込みにかかるまでゆっくり息継ぎができる時間帯だ。

腰高障子を開けたまま、

「おミネさんから聞きやしたが、福寿院の突き富が本決まりになったとか」

「そういうことだ。ま、座りねえ」

「へえ」

と、やはり二人になると地が出る。そのかわりどちらも声を落としている。

李之助は源造が来た用件を話した。

八朔に富会というのには清次も驚き、深刻な表情になった。

「どうでえ。もう取り越し苦労とは言えねえだろう」

「そのようで」

日を聞いただけで、清次も奉行所が町場に不祥事があってはならないと本腰を入れてくることを覚《さと》ったのだ。

「あらあら、これはおもての清次旦那。またここで油を売っていなさるのか」

開け放した腰高障子のあいだを埋めたのは、さきほど源造がいるときに来た町内のおかみさんだった。

「へえ。まあ、店がちょいと暇になりましたもので」

清次は丁寧な言葉遣いになった。

おかみさんは柄杓を買いに来たのだった。

「それでは清次旦那、ごゆっくり。杢さんも話し相手がいて、いいですねえ」

笑顔で柄杓を受け取るとすぐ退散した。いくら一膳飯屋のかみさんが、富会が八朔の日だということを仕入れたといっても、さすがにその直後では、柄杓を買いに来たおかみさんの耳にまでは入っていないようだ。

柄杓のおかみさんが去ると、木戸番小屋の中はふたたびさきほどの緊張を帯びた空気に戻った。

「ともかくだ、これから伊賀町も左門町も変わりはねえ。突き富で起きる事件はおよそ察しがつかあ。それに乗る者がこの左門町にも出ねえとは限らねえ。これから三月、気が休まらねえぜ。隠密廻りもどんな形《なり》で来るか知れねえからなあ」

「だからですよ、杢之助さん。おとなしくして、町の木戸番人でいてくだせえ。

隠密廻りには、あっしも気をつけておきまさあ」

清次は言う以外になかった。


陽が西の空にかたむき、そろそろ松次郎と竹五郎が帰ってくる時分になった。おそらく近場の町々には〝八朔の日に千両〟が出まわっていることだろう。これからしばらく、町にどのような噂が飛び交うか。源造の言うとおり、鋳掛屋の松次郎と羅宇屋の竹五郎が集めてくる噂話には、〝宝物〟が含まれているのだ。

カチャカチャと道具箱の音が聞こえてきた。

陽はまだ沈んでいない。

「おぉう、杢さん。帰ってきたかい」

「おう、杢さん。聞いたぜ、聞いたぜ」

迎える杢之助の声に、天秤棒を降ろし敷居をまたぎながら言う松次郎の声が重なった。腰高障子の外には竹五郎が背の道具箱を降ろす音が聞こえる。

「聞いたかい、福寿院の八朔」

「なんでい、杢さん。知っていたのかい」

三和土に立ったまま残念そうに言う松次郎に、

「最初さあ、日にちをハッサクなんていうから、なにかと思ってさ」

言いながら竹五郎が入ってきた。

「俺っちなんざすぐ分かったぜ。八朔が葉月の一日だってことをよう」

「なに言ってる。松つぁんだって最初は首をかしげていたじゃないか。徳川さまのどうのこうのを聞くまではよう」

「てやんでえ。おめえだって名前は知っていても、その日がどんな日かいまだにはっきり分かっていねえじゃねえか」

「まあ、まあ、二人とも。儂が聞いたのは葉月の一日だけだが、褒美金や富札が一枚いくらなのかは、まだ聞いちゃいねえ」

「なんでい。杢さんもかい」

と、三和土に立ったままの二人は、そろって残念そうな顔になった。

「いずれにせよ、日にちが判ったってことは、突き富があるのは間違えねえってことさ。あしたにでも細かいことは、福寿院さんがおもてにされるだろうよ」

「おう。そうと分かりゃあ、さっそくそれをみんなに教えてやらにゃあ。おう、竹。湯だ」

「そうだなあ」

二人はふところから手拭を出しながらきびすを返し、湯屋へ急いだ。ともかく日時だけでも話題にしたいようだ。

松次郎も竹五郎も、湯屋でもまわりみんなが日時をすでに知っていることにまたがっかりし、

『えっ、千両!?』

と、逆に新たな話にびっくりすることだろう。町内ではとっくに一膳飯屋のかみさんが触れてまわっているのだ。

それに、この二人に源造からの依頼をわざわざ告げる必要はない。告げれば、

『けっ、源造かい』

と、かえって話さなくなってしまう。

二人とも根っからの職人気質《かたぎ》で、お上の手先になるなど、

『とんでもねえ』

ことなのだ。

六

翌日には、すでに決まったように話がながれていた。

（あとでがっかりしても、儂は知らねえぞ）

杢之助は思ったものである。

源造がまた左門町の木戸番小屋に来たのはその翌々日、皐月朔日《さつきついたち》だった。昼の八ツ半（およそ午後三時）時分で、榊原真吾《しんご》も来ていた。富くじの詳細をこの日、福寿院が境内に貼り出したのだ。

きのうそれを、

「──あした朔日です、日の出の明け六ツに」

と、源造の下っ引をしている義助《ぎすけ》が杢之助の木戸番小屋へ伝えに来た。そのときに榊原の旦那にも来てもらってくれと、源造の言付けも持ってきたのだ。手習い処はどこでも朝五ツ（およそ午前八時）に始まり、昼八ツ（およそ午後二時）に終わる。源造が八ツ半と時間を指定したのは、榊原真吾の都合に合わせたよう

「八朔の千両」

だ。それだけ源造は、榊原真吾を頼りにしていることになる。

なにしろこの界隈の街道で酔っ払いや気の荒い馬子《まご》が喧嘩などで暴れだしたり、理不尽な武士や浪人が商舗で難題をふっかけて騒ぎになったりすれば、町の住人はすぐさま麦ヤ横丁の手習い処に走る。真吾が刀を手に駈けつければ、たいていの騒ぎは収まる。なかには抜き打ちで帯を切られた馬子もおれば、酒に酔った若侍が髷を斬り落とされ、這《ほ》う這《ほ》うの態《てい》で逃げだしたこともある。

それが評判となり、いまではこの界隈で余所者《よそもの》が騒ぐことはほとんどなくなっている。いわば真吾は手習い処の師匠であると同時に、この町一帯の用心棒ともなっているのだ。それでも騒ぎを起こす者は、真吾の存在を知らないもぐりで、騒いだ者は不運と言わねばならない。これからどんな騒ぎが起こるか知れないときに、源造が真吾を頼りにするのももっともなことであった。

それよりもまっさきに反応したのは、やはり一膳飯屋のかみさんだった。源造の用事でときどき木戸番小屋に来る若い下っ引の顔も名も知っている。

かみさんは義助が左門町の木戸を街道に出るなり番小屋に走り、話の内容を杢之助から聞き、急にそわそわしはじめた。それできょうの日の出よりすこし前、杢之助が木戸を開けるなりいつもの豆腐屋や納豆売りとぶつかりそうになり、

「――ちょいとご免。杢さん、福寿院、見てくる！」

と、街道に飛び出したのだった。

遠ざかる下駄の音に棒手振たちは驚き、杢之助は苦笑したものだ。

だがそのおかげで、午後になって源造が左門町に来たときには、富くじの詳細が左門町を中心に近辺の町々にも知れわたり、源造も杢之助と榊原真吾にそれを話す手間がはぶけた。

一等の褒美金は百両だった。

「――なんでえ、千両じゃなかったのかい」

言う者もいたが、千両はあくまで噂であり、そこに目くじらを立てるような野《や》暮《ぼ》はいない。それに噂は広がれば誰が言いだしたのか分からなくなる。一膳飯屋のかみさんも、下駄の音を響かせ左門町に駈け戻ってくるなり、自分が千両の言い出しっぺであることなどすっかり忘れ、

「百、百、百両だよう――っ」

町に触れていた。

「おっ、百両！　こいつは見逃せねえ」

あちこちで声が上がる。

夢の千両より現実の百両である。

「ほんとうかい！」

と、木戸を走り出て福寿院まで確かめに行く住人もいた。

間違いなかった。現実の百両といっても、長屋住まいの職人や行商人で家族四人の家なら四、五年は暮らせる額である。やはり、夢のような大金だ。

午前《ひるまえ》には、寺から指定された十数軒の札屋の軒先にも、福寿院とおなじ告示の紙が貼り出された。富札の販売代行である。三富なら毎回札屋は百軒近くになる。もちろんお寺での直売が中心だが、札屋の指定には宣伝の意味もあり、おもに檀家の商家の中から選ばれる。

札屋は、忍原横丁と麦ヤ横丁にも一軒ずつあった。左門町にはなかったことに、杢之助には内心ホッとするものがあった。

告示は半紙二枚ほどの大きさの紙に朱色で書かれているので、けっこう目立つ。

壱《いち》百両　一本（印違合番《しるしちがいあいばん》十両）

五十両　三本

三十両　五本

壱十両　十本

元返《もとがえ》し　百本
売出し　鶴の組　五千本
亀の組　五千本
札一枚　二朱

と、あった。

印違合番とは組違いの当り番号で、元返しとは富札一枚の値の二朱だけ返ってくるという、これも当たりくじだ。

この時代の金勘定は四進法で、十六朱が一両になる。一枚二朱で総数一万枚なら、完売で千二百五十両になる。褒美金の合計が五百両で、元返しがおよそ十二両になり、残りが七百三十八両となるが、札屋への礼金や寺社奉行への工作費、その他の費用などを差し引けば、寺に残るのは六百両くらいになろうか。これだけあれば本堂や庫裡の修繕が充分にできる。

諸人が最も関心を寄せるのは褒美金の最高額と、富札一枚の値だ。二朱というのは富札の相場だが、安い額ではない。腕のいい大工や左官、それに鋳掛屋や羅宇屋のような出職者の二日分の稼ぎに近く、庶民が気軽に、おう一枚くんねえと買える額ではない。

そこで数人が割札《わりふだ》をする場合も多かった。銭勘定をすれば一朱は二百五十文で、二朱なら五百文になる。これを五人で百文ずつ出しあって一枚買うのだ。百文なら居酒屋でちょいと派手に飲み喰いするくらいの額で、かなり気軽に買える。

この日から早くもあちらの仕事場こちらの長屋で、さっそく割札の相談をする声が聞かれていた。

そのようなところへ源造は来たのだ。きのうの下っ引の義助ともう一人、利吉《りきち》をともなっていた。二人とも四ツ谷御門前の商家のせがれで、義助の実家は炭屋で利吉は干物屋だった。二人とも放蕩《ほうとう》息子で、叩き直してくれと源造が双方の親から頼まれているのだ。当人たちも岡っ引にあこがれ、源造を親分、親分とあがめ、女房どのを姐《ねえ》さんと称《よ》んでいる。

いまも源造と真吾はすり切れ畳に上がって杢之助と三《み》つ鼎《がなえ》に胡坐を組んでいるが、義助と利吉は三和土に足を置き、荒物はそのままに浅く腰を下ろしている。

「札屋はあっしの町の御簞笥町にも一軒、市ケ谷と赤坂《あかさか》にも一軒ずつ開帳しやした。こっちへ来るとき、義助と利吉を見にやらせやしたが、もう札が何十枚も売れたそうでございますよ」

さっそく源造は言った。さすがに浪人とはいえ、武士である真吾の前では言葉遣いが鄭重になる。

さらに、

「榊原の旦那にご足労を願いやしたのは、合力していただくのは富会のある八朔の日だけじゃござんせんもので」

「あはは。分かっているよ、源造さん」

真吾は話し方も気さくなら、所作にも威張ったところがない。町に出歩くときも着ながしに無腰で、袴を着けているときも刀は帯びていない。大小を帯びるのは、近くで揉め事があって町の住人が走ってきたときだけである。きょうも袴を着けているが無腰だ。月代《さかやき》を伸ばした百日髷《ひゃくにちまげ》だから浪人と分かるが、茶筅髷《ちゃせん》か総髪《そうはつ》にでもすれば、儒者か医者に見えるだろう。

真吾はつづけた。

「杢之助どのからすでに聞きましてなあ。富会が八朔とは考えましたなあ。おそらく寺社奉行とも将軍家に護摩《ごま》をすって、町場でもにぎやかにお祝いをと興行を願い出たのだろう」

「おっと旦那。そこんとこは聞かなかったことにいたしやすぜ。あっしはいま、こんなものまで預かっているものでやすから」

源造はふところの十手をちょいとつまみ上げ、房なしの柄の部分をちらと見せた。真吾と話をすれば、よくご政道批判が出る。だから真吾に合力を頼むときは、直接ではなく杢之助を通しているのだ。きょう最初から十手を取り出し、すり切れ畳の上に置かなかったのは、真吾に遠慮してのことであった。

「おぉ、そうだったなあ。すまぬ、すまぬ。ともかくだ、八朔の日にと決めたからには、寺社奉行も町奉行も、興行にいささかも瑕疵《かし》があってはならじと本腰を入れるだろう。それ自体は悪いことじゃない。むしろいいことだ。杢之助どのもその気になっておいでだから、それがしも及ばずながら助勢いたしましょうぞ」

これまでも真吾は、杢之助の闇走《やみばし》りを人知れず助《す》けてきた。助けるというよりも、一緒に走ったのだ。杢之助の闇走りはすべて人を救うためであり、悪党退治だったからだ。杢之助にすれば、それらの一つひとつが奉行所の役人を左門町に入れないための奔走だったが、真吾はそこに気づいている。だが、理由を詮索したりはしない。

（――人はさまざまで、現在《いま》を生きている）

真吾の観念なのだ。

それに真吾は、番太郎の杢之助を呼ぶのに〝どの〟をつけている。杢之助を

〝ただの木戸番人ではない〟と看《み》ているからだ。出会った当初は、杢之助の腰つき、さらに身のこなしから、

（――この者、公儀隠密か）

と、思ったほどだ。

あるいは、杢之助が以前は風のように跳梁《ちょうりょう》しては風のように去って行く大盗賊であったことに、気づいているのかもしれない。しかし真吾にとってはそれも、〝人はさまざま〟なのだ。

「ありがとうございやす、旦那。旦那が助けてくださりゃあ百人力でさあ」

源造は胡坐のままぴょこりと頭を下げ、

「奉行所が本腰を入れる。そこなんでやすが、あっしは御用の手先に違《ちげ》えありやせんが、そのめえに町衆の一人でさあ」

眉毛をひくひく上下させながら言う源造に、浅く腰をおろし部屋の中のほうへ身をよじっている義助と利吉が、しきりにうなずきを入れた。二人とも、源造のそういうところに心酔しているのだろう。源造にすれば、法度《はっと》の裏にうごめく連中を隠密廻りよりもさきに挙げ、土地の岡っ引の意地を見せたいだけだ。悪いことではない。むしろそれが世の平穏につながっているのだ。

ならば源造の言う〝法度の裏にうごめく連中〟とはなにか。それはどの寺社の富くじ興行でも、かならず跋扈《ばっこ》する。これまで奉行所は大目にみてわざわざ探索して挙げることはなかった。

だが、そやつらの跋扈が、思わぬ事件を引き起こすことがよくある。奉行所が動くのは、それが殺しや傷害にまで進んだときだけだった。

ところがこたびは八朔である。町奉行所は寺社奉行や福寿院から懇請されるまでもなく、根こそぎそうした者どもを挙げようとしているのだ。

「そこなんでやすが」

源造は言い、

「探索にはあっしはむろん、こいつら二人も走らせ」

義助と利吉はうんうんとうなずいている。この二人なら、もし源造の手下《てか》に入っていなければこの機に乗じ、跋扈する側になっていたことは容易に想像がつく。その意味でも、今回の探索には適任かもしれない。

「それに、バンモクにはこの近辺で目を光らせ、さらに鋳掛の松と羅宇屋の竹にもあちこちで聞き込みを入れさせることになっておりやす」

「ほう。松つぁんと竹さんか。あの二人なら、あちこちの町をまわるから、聞き込みには適任だなあ」

「へへ。あっしもそう見込みやして。そこでございやすが、もしそやつらがけっこうなやくざ者で徒党を組んだ連中だったり、言っちゃあなんでやすが、すぐ段平《だんびら》をふりまわす浪人さんなどだったりしたら、そのときには旦那に出張っていただきたいので。こればかりはバンモクじゃ力になりやせんし、こいつらじゃ頼りにならねえ。かといって堅気《かたぎ》の松や竹を、危険な目に遭わせるわけにもいきやせん」

「もちろんだ」

源造の言葉に真吾はうなずき、杢之助は苦笑いをしている。杢之助には他人《ひと》に隠した必殺技のあるのを、源造は知らない。真吾はそれを間近に見て、さすがはと舌を巻いたことがある。もちろん、他人には話していない。

源造はさらにつづけた。

「さいわい、こたびはさっきお見せしたように、十手と捕縄を預かっておりやして、ここぞというときにゃ八丁堀の旦那に知らせるよりさきに踏み込むこともできやす。お願《ねげ》えいたしやす。一緒に踏み込んでくだせえ。申しわけござんせんが、報酬はございやせん。町のためだとお思いくだすって……」

「相分《あいわ》かった。福寿院のご本尊はおぬしも知ってのとおり、釈迦三尊佛《しゃかさんぞんぶつ》でお釈迦さまの左右の脇侍《きょうじ》は、智慧《ちえ》を司《つかさど》る文殊菩薩《もんじゅぼさつ》と、衆生済度《しゅじょうさいど》の慈悲を司る普賢《ふげん》菩薩だ。それがしもときどきお参りに行って、住持も知らぬ人じゃないから助力は惜しまぬ」

「おゝ、それはよござんした。御仏《みほとけ》のためとも思い、よろしゅうお願《ねげ》えいたしやす」

源造は眉毛を大きく上下させ、胡坐のままひと膝まえにすり出た。

張り切っている。なにしろ隠密廻り同心を出し抜けば、その手柄は大きなものとなる。手札をもらっている定町廻り同心だけでなく、他の定町廻りの旦那衆からも一目も二目も置かれるところとなるだろう。

七

清次が来て真吾との三つ鼎の座を埋めたのは、源造が義助と利吉を引き連れ満足そうに帰ってからすぐだった。三人とも真剣な表情だ。さきほどの探索と打ち込みの話をしている。

けたたましい下駄の音だ。一膳飯屋のかみさんであることは、清次にも真吾にもすぐ分かる。

三人は鼎座《ていざ》のまま顔を見合わせて苦笑し、

「ちょうどいいではないか」

「へい。そのようで」

真吾が言って杢之助がうなずいたのと同時だった。

一膳飯屋のかみさんが腰高障子の敷居を跳び越えるなり、

「ねえねえ杢さん。さっき源蔵さん来てたよねえ、若いのを二人も連れて。わっ、お師匠に清次旦那も！」

と、三和土で棒立ちになった。

「きょうは油を売りに来たんじゃなくてねえ。大事な話があって」

「それそれ、それですよ。で、なに、なに！」

かみさんは打てば響くように、清次が言ったのへ返した。早朝に福寿院へ走り、詳細の第一報を左門町にもたらしたときの興奮をまだ引きずっている。

「突き富のことでしょう。それで、なんで源造さんが義助さんと利吉さんまで引き連れてここへ？　それにお師匠と清次旦那がそろっていなさるなんて！」

ますます興奮状態になり、かみさんは三和土に立ったまま、矢継ぎ早に問いを入れた。

実際、源造が下っ引二人を連れて左門町に来るなど、めったにないことだ。しかも木戸番小屋で杢之助と話し込み、そこに榊原真吾も同座し、さらにまた清次が加わり〝大事な話が〟などと、一膳飯屋のかみさんならずとも左門町の住人なら誰でも興味を引かれるところだ。しかも三月《みつき》の長丁場となる富札売出しの初日である。

「ま、おかみさん。落ち着きなせえ」

杢之助はすり切れ畳に胡坐を組んだまま、たしなめるように言い、

「いま源造さんねえ、ふところに十手と捕縄を持っていなさる」

「えぇえ！　源造さんが十手と捕縄を？　どうして！」

かみさんはますます気持ちを高ぶらせた。

「それだけお奉行所も力を入れているってことさ」

「えっ、お奉行所？　突き札になにか問題が!?」

「いや、突き札のほうじゃねえ」

杢之助はもったいぶった言い方をした。そのほうが一膳飯屋のかみさんに重々

しく伝わり、それがまた増幅されて町々にながれる。

「じゃあ、なんなのさ」

かみさんはすり切れ畳の三人の顔を順に見つめた。三人とも、深刻そうな顔をしている。

「おかみさん」

ふたたび清次が言った。

「なんです、清次旦那。そんな深刻な顔をしなさって」

かみさんはたじろぐように、一歩退いた。

「陰富《かげとみ》さ」

「えっ、陰富？　やっちゃいけないのかね」

かみさんは怪訝《けげん》な表情になり、視線を清次から杢之助に戻した。

「あゝ。こんどは特別さ」

「特別？」

杢之助の言ったのへ、かみさんはさらに解せぬ表情になった。

かみさんの〝陰富〟と聞いたときの反応が示しているように、それがご法度であることは誰でも知っているが、その一方で誰もが気軽に手をつけているのだ。

それを今回は取締るような雰囲気だ。

さきほど源造は、その話をしていたのだ。

それは勝手に個人で富札をつくり、それを売って富会の日に発表される番号に合わせて配当金を払うという、もぐりの富くじである。値は一口一文単位で買えるものから一朱、あるいは一分《いちぶ》という高額なものもあり、配当も三倍返し、五倍返し、さらに十倍返しと、胴元《どうもと》によってまちまちだ。

高額なものは高禄の武士や大店《おおだな》の旦那衆を相手にしたものだが、なかにはこれを割札で買う者もいる。一文単位の札なら誰でも小遣い銭で気軽に手が出せる。清次の居酒屋が軒端の縁台で出しているお茶は、一杯三文である。その程度の値なのだ。

寺社の富くじ興行があるとき、陰富がかならず跋扈する。それほど一般的なのだ。申請も認可も関係ないのだから、その気さえあれば誰でも胴元になれる。松次郎や竹五郎がその気になり、行くさきざきで買い手を募れば、日ごろの信用もあってかなり大掛かりな胴元になれるだろう。もちろんこの二人はそのようなことなどしないが、つまり堅気の衆でも簡単にできるということだ。

だが、こうしたことの胴元になるのは、博打《ばくち》とおなじで堅気の衆より玄人筋《くろうとすじ》のほうが圧倒的に多い。すなわちやくざ者である。だから陰富には、手軽なかかわりに問題というより、事件もまた起こりやすいのだ。

一膳飯屋のかみさんが怪訝な表情になり、〝やっちゃいけないのかね〟などと不満そうに言ったのは、庶民一人一人にとって罪悪感はなく、かえって取締るほうがおかしいと感じたからだ。

「なにしろ福寿院の富会が八朔だからねえ」

「あっ、それで」

真吾が言ったのへ、ようやくかみさんは得心した表情になった。

杢之助がさらにつないだ。

「源造さんがここへ来なさったのはね、これから八朔まで三月のあいだ、この四ツ谷一帯に奉行所の定町廻り同心は当然ながら、隠密廻り同心も見まわりに来るから、充分に気をつけろって」

「それをわざわざ言いに？」

「そうさ」

「こんどばかりは、気軽にちょいと三文、五文で陰富を買っただけでも、手がうしろにまわるからって。この町から縄つきが出るのなど見たくないからねえ」

「そ、そうだよねえ。でも、大変だ。さっそくみんなに言ってやらなきゃ」

「売り子が来ても、手を出さないのが一番さ」

「そう、それが一番」

一膳飯屋のかみさんは清次が言ったのへ相槌を打ち、木戸番小屋を出ると下駄の音を響かせ、さっそく通りで町内の顔見知りのおかみさんをつかまえ、

「ねえ、ちょいとちょいと。こんどの突き富さあ」

声が木戸番小屋にまで聞こえた。

これで一膳飯屋のかみさんは、もし左門町に陰富の売り子が現われたなら、さっそく木戸番小屋へご注進に来るだろう。

夕刻近く、

「おう。きょうはどこへ行っても福寿院の話ばかりだったぜ」

「さっそく割札の相談をしていなさった人もいたよ」

帰ってきた松次郎と竹五郎は口をそろえた。

「陰富の話は聞かなかったかい」

杢之助は問いを入れ、源造が昼間この木戸番小屋に来たことを話すと、

「けっ、源造かい。だったら逆に陰富いっぱい買ってやろうかい」

「松つぁん、悪い冗談よしなよ」

「そういうことだ。陰富の噂を聞いたら一応知らせてくれ。なあに、源造さんのためじゃねえ。隠密廻りも出まわるってえから、用心に越したことはねえ。この近くから縄つきが出るのを防ぐためだ」

「ま、杢さんがそういうなら」

二人はまた急ぐように湯へ行った。これからしばらく、湯舟には富くじと陰富の話題に花が咲くことだろう。

だがその後しばらく、具体的に陰富が出まわりはじめたとの噂は聞かなかった。それがうごめきはじめるのは、いつの場合でも正規の富くじの告示があってから一月《ひとつき》近くを経てからだ。

左門町でもささやかれ、また義助と利吉が市ケ谷あたりでそれを聞き込んだのは、皐月があと数日で水無月《みなづき》（六月）になるというころだった。

陰富《かげとみ》の群れ

一

「おい、おめえら。二人とも正直に話すんだ。昔の仲間だからって、かばい立てなんぞ許さねえぞ」

源造は問い糺《ただ》す口調になっている。

「へえ」

「そりゃあ、もう」

と、源造の前で縮《ちぢ》こまっているのは、下っ引の義助と利吉である。

二人が御簞笥町の小間物屋の居間に呼ばれたのは、福寿院が富くじの詳細を明らかにした皐月《さつき》（五月）の朔日《ついたち》から十数日を経てからだった。

「これ、おまえさん。そんなもの言いじゃ、二人とも話したくても話せなくなってしまうじゃありませんか。ねえ、あんたたち」

女房どのが居間にお茶を運んだついでに口を入れ、部屋の空気はやわらいだ。

ともかく源造は先手を打ち、陰富の群れを一つでも多く挙げようとしている。

源造が二人に詰問していたのは、かわら版屋の一群だった。

陰富の胴元を焙《あぶ》り出すのにかわら版屋を洗うのは、目串《めぐし》の刺し方として間違っていない。的を得ている。

かつて源造は、三富の一つで湯島天神の一帯を縄張にする同業から、

「——富会《とみえ》の前後にはよう、かわら版屋がうじゃうじゃうごめきやがって、目障りでしょうがねえ」

と、聞かされたことがある。そやつらが陰富の胴元をやって稼いでいるのだ。

かわら版などというのは、常店《じょうみせ》で暖簾《のれん》を張ってする仕事ではない。季節によって売り物を変える際物師《きわものし》や、暇《ひま》を持て余している商家の放蕩息子たちで、いささか与太《よた》っている連中が集まり、

『ちょいと小遣い稼ぎでもするか』

と、適当に文面をこしらえ、版木屋に持ち込んで彫師《ほりし》に彫らせ、それを摺師《すりし》に枚数を言ってかわら版を作成する。多くは鼠《ねずみ》半紙一枚もので、一枚三文か四文で、

誰もが町角で、おう一枚くんねえと買える値段だ。

数人でそれを小脇に抱えて町に繰り出し、三味線や太鼓で人目を引き、

『さあて奇怪《きっかい》、奇怪。世にも不思議なことでござーい』

と、口上に抑揚をつけてさわりの部分を読み上げ売りさばく。

書いてある内容はといえば、王子稲荷できつねの行列を見たとか、箱根の山中でたぬきが人を誑《たぶら》かしたなどと、たわいないものが多い。買った者はそれを湯屋や髪結床で話題にし、話の中心になってしばし悦に入るという寸法で、そこに難癖をつけるのは野暮ということになる。茶店のずらりとならぶ門前町などでは、茶汲み女の美人番付や旨《うま》いもの番付がよくかわら版の種になり、これなどは裏頼みもあってけっこう実入りがある。

そうした連中が寺社の富くじのときには、陰富の胴元になるという話に、源造は大いに納得したものだった。

同業は、

「――褒美金の額や本数も格好の種《ねた》でよう、売り方のおとなしいときは陰富とみて間違えねえ」

と、源造に言っていた。

三味線や太鼓などの鳴り物は一切なく、売り手は網笠か頬かぶりで顔を隠し、

『いい話だよ、いい話』

と、裏通りや枝道などで往来人や垣根越しにそっと声をかける。見ると富くじの褒美金の額や本数だが、そこで秘かに陰富の客を募るといった手法のようだ。一人釣ればそこから五人、十人とつながってくる。路地の長屋の住人がまるごと乗ってきたり、町内の隠居がまとまったりするらしい。

源造が義助と利吉に問い糺す口調になったのは、この二人が以前、陰富ではないが与太のかわら版に関わり、源造が挙げたことがあったからだ。このとき二人の親から泣きつかれ、おめこぼしにしたのが下っ引になるきっかけだった。

「さあ、どうなんでえ」

部屋の雰囲気がやわらいだところで源造は再度質《ただ》し、

「へえ。あのとき束《たば》ねになっていたのは赤坂に住まう際物師で、いまはつき合いなどありやせん」

「そのとおりで、あれ以来、会ったこともねえのです」

義助と利吉は口をそろえた。嘘ではないようだ。

「よし。おめえら二人して、さりげなくその際物師に近づけ。日数をかけてもい

いから、動きを見張るのだ」

「へえ」

と、二人は開放されたように小間物屋を出た。

赤坂は源造の縄張の外だ。縄張内《しまうち》の四ツ谷と市ケ谷で際物を生業《なりわい》にしている者がいないか、源造は聞き込みをはじめた。

もちろん左門町にも、

「どうでえ。おめえに任せている町はこの左門町を入れて四つだ。みょうな際物師やかわら版売りは出ていねえかい」

と、杢之助にも迫るように質していた。

「隠密廻りみてえなのも来た形跡はねえか」

とも訊く。

動機はまったく異なるものの、奉行所の隠密廻り同心を警戒することに関してはこのとき、杢之助と源造は一致していた。杢之助はむろんそうだが、源造も隠密廻り同心の顔を知らないのだ。

源造は木戸番小屋のすり切れ畳に腰を据え、先月までとは違い右手に持った十手で左の手の平をぴしゃりぴしゃりと打ちながら話している。

「ほう、かわら版売りが怪しいか。なるほど、ああいった連中なら陰富の胴元をやってもおかしくねえなあ。ふむ、大いにあり得ることだ」

と、杢之助は源造の説明に得心し、

「だがよ、富札の売出しは始まったばかりだぜ。けっこう売れているそうだが、陰富が出まわるのはもうすこしあとじゃねえのかい。あまり早く動きすぎると、それだけおもてになりやすいしよ」

「おっ、おめえ、詳しいじゃねえか」

「ただ、そう思っただけさ。隠密廻りらしいのもまだ来ていねえ。もっとも、儂《わし》が気づかなかっただけかもしれねえがな」

「うむ。定町廻りの旦那に探りを入れてみたのだが、隠密廻りはまだ動いていねえらしい。だがよ、あのお方らが動きだしてからじゃ遅《おせ》えのよ。分かるかい」

「あゝ」

杢之助は返した。源造の思惑は分かっている。

実際、富札の売れ行きよかった。通りの中ほどの一膳飯屋も、脇道を挟んでおとなりの湯屋と一朱ずつ出し合って一枚購入し、木戸番小屋奥の長屋も松次郎と竹五郎、それにおミネと大工、左官屋の五世帯が百文ずつ出し合って一枚買っている。清次も一枚買ったと言っていた。

だから朝の井戸端会議は、

「――百両、百両。もう夢のような話だねえ」

「――そう。百両、なにに使おうかねえ」

などと、まるですでに最高額が当たり、それを五等分ではなく自分一人で使うようなことを言っている。それを誰も非難しない。どこの町もおなじだ。それだけ富くじは夢の話ということになる。夢を非難するなど、そんな野暮は江戸っ子にはいない。それでもやはり、買わなきゃ当たらぬ富くじなのだ。

源造はなおも上体を杢之助のほうにかたむけ、手の平を打っていた十手を杖のようにすり切れ畳に立て、

「松と竹にも、注意するよう念を押しておいてくんねえ。あの二人は噂を拾うより、ちょいと心配なところがあらあ。ともかくかけらでもありゃあすぐ俺に知らせろ」

太い眉毛をひくひくと動かした。これについては杢之助も心配しないわけではない。というよりも、大いに気にかかる。

いくら陰富だからといって、乗るほうはどこの馬の骨か分からない相手に金銭

を託すのは不安がある。いつも顔を合わせ素性のはっきりしている松次郎や竹五郎が声をかければ、この信用は大きい。もちろん当人たちにそのような気などないが、胴元をもくろんでいる者から言葉巧みに仲間に誘われる危険はないとも限らない。

「分かった。気をつけるよう念を押しておくよ。すこしでも変わったことがあったら知らせらあ」

杢之助は真剣な表情で応えた。

源造が帰れば、またけたたましい下駄の音だ。

「さっき源造さん、来ていたみたいだけど、もうどこかで陰富が出たの！」

まるで期待しているような口ぶりだ。杢之助は敷居をはさんで一膳飯屋のかみさんと話した。

「おっと、そんな嬉しそうに言っちゃいけねえよ。ご本家の売出しが始まったばかりなのに、そんなに早く出るわけなかろう」

「そうだよねえ」

と、こんどは残念そうに言う。

「出てもよう、手を出しちゃいけないよ。見張っているのは源造さんだけじゃない。お奉行所の隠密廻りも目を光らせているっていうから」

「分かっているさ。この町で手を出す者などいないよ。来ればすぐ杢さんに知らせようと思ってさあ」

一膳飯屋のかみさんは、自信ありげな表情で言う。

真吾と清次と杢之助の三人がそろって注意をうながしたのが奏功したか、一膳飯屋のかみさんは隠密廻り同心まで出ていることをかなり触れてまわったようだ。

（ありがたいぜ、おかみさん）

杢之助は内心、手を合わせた。


杢之助が源造に言ったように、陰富が出るにはまだ早すぎたか、皐月が過ぎ水無月《みなづき》に入って数日を経ても、隠密廻りらしい影もなければ、左門町にもその周辺にも陰富の誘いの声も聞かれなかった。

「この四ツ谷一帯どころか、市ケ谷や大木戸向こうの内藤新宿でも、福寿院の話は出ても陰の話は聞かねえぜ」

「出ねえはずはないんだがなあ」

と、松次郎も竹五郎も首をひねる。江戸の町にはそれほどまでに陰富が一般化しているのだ。

下っ引の義助と利吉も、以前の際物師はとっくに赤坂からいなくなり、所在は分からないと源造に報告していた。

「探せ」

源造は命じたが、二人が赤坂で聞き込みを入れていると、その一帯を縄張にしている同業の伊市郎《いいちろう》が、

「下っ引をちょろちょろさせやがって、俺の縄張を荒らす気か」

と、御簞笥町に怒鳴り込んでくる始末だった。

だが、

「きっと出る」

杢之助も源造も確信している。

二

木戸番小屋のすり切れ畳に独り座っているときだった。清次の居酒屋も通りの中ほどの一膳飯屋も、夕の仕込みに入った時分である。

開け放している腰高障子の敷居に人影が射した。胡坐《あぐら》のままうつらうつらとしていた李之助はハッと顔を上げ、一瞬榊原真吾かと思った。百日髷に筋目のない袴《はかま》を着けている。浪人だ。真吾と違って刀を帯びていた。

「あっ、これは佐橋《さばし》さま」

李之助は胡坐のまま背筋を伸ばした。

「木戸番稼業は暇でいいのう。それを五足ほどもらおうか」

と、浪人は草鞋《わらじ》を買いに来たのだった。半年ほど前から、ときおり見かけるようになった浪人だ。風貌はいくらか真吾に似て精悍《せいかん》だが、かなり若い。住まいを訊いたことがある。

「あゝ。あそこですかい」

と、李之助は親しみを覚えた。

左門町の通りを南へ抜ければ寺町に突き当たる。そこを右手の西方向に曲がるとすぐまた南へ進む往還があり、あたりは大名家の下屋敷の白壁がつづく武家地となっている。その手前というより、寺町に突き当って右手の西方向への往還をそのまま進めば町場がある。武家屋敷に囲まれた小さな町で、場所としては長安寺の門前町といえなくもない。だが他の門前町のような華やかさはなく、お寺の前に民家が立ち並んだというだけの町で町名もなく、住人も杢之助たちも単に長安寺の門前丁と呼んでいる。浪人はその町の住人で、佐橋定之助《さだのすけ》と名乗った。

もう十数年も前になるが、おミネもその門前丁の長屋に亭主と幼子の太一と三人で暮らしていた。杢之助はそのころから、おミネもその亭主も生まれたばかりの太一もよく知っていた。

大盗賊の足を洗うきっかけを得て、清次とともに一味を壊滅させ、杢之助は寺男として長安寺に住みついていたのだ。杢之助が左門町の木戸番人になったのは、その長安寺の住持の口利きだった。

おミネが木戸番小屋の奥の長屋に越してきたのは、そのすぐあとだった。饅《まん》頭《じゅう》職人だった亭主が病死し、悲しみからすこしでも逃れるためと、太一をおぶって越してきたのだ。

佐橋定之助と名乗る浪人に詳しく訊くと、なんと部屋は違うがかつておミネが住んでいたのとおなじ長屋だった。

佐橋はときおり出歩き、左門町の通りの一膳飯屋にも出入りしているようだが、榊原真吾のように目立つ存在ではない。

「――儂とおなじ、世を忍んでいるようなお人だ」

と、一度清次に話したことがあるが、

「——気のまわし過ぎじゃございませんかい」

と返され、真吾にも話したが、これもまた、

「——人はさまざまさ」

と言われ、左門町の住人でもないので、さほど気にはしなかった。

それでもおミネに訊くと、あの門前丁には知り人《びと》が多いせいか、

「——筆が立ちなさって、武家地からときおり代書の依頼があったり、日ごろは傘張りなどもしていなさるそうな」

と、わざわざ聞いてきてくれた。

佐橋が木戸番小屋へ来たときには、短く雑談くらいはする。気さくな人のよさそうな浪人なのだ。この日は格好の話題があった。

「佐橋さまもお買いになりましたか、福寿院の富札」

「あゝ、あれか。長屋の者と割札《わりふだ》で一枚買った。俺には百文でも惜しい値だが、これもつき合いさ。せめて元返《もとがえ》しでも当たればいいと思っているのだが、あはは」

と、屈託《くったく》なく笑っていた。

だが帰る段になり、木戸番小屋の外に出た佐橋定之助が街道の人のながれに、

気のせいか警戒するようにちらと視線をながしたように思われた。あとは何事もなかったように来た道の左門町の通りを帰って行った。その背を見送りながら、

（ん？　やはり儂とおなじ……いや、まったく逆で、誰かを找《さが》していなさる）

それこそ取り越し苦労か、杢之助はふと思った。

長安寺の門前丁は街道から離れ、しかも周囲は武家屋敷で町場も狭く、訪《おとな》う者といえば長安寺の檀家くらいで、余所者は朝の棒手振か日常の行商人だけだ。

一方、杢之助の木戸番小屋は街道に近く、左門町の通りにも往来人はけっこう多い。長安寺の住持から話があったとき、

（人間《じんかん》に隠れてこそ、目立たずにいられる）

と、秘かに考えたすえの引っ越しだったのだ。

一方、佐橋定之助は、目立たぬ町に目立たない暮らしをしている。

（そのうち、一度訪《たず》ねて行ってみようか）

などと余計なことを思っているうちに、往還を行く人影の長さを見れば、そろそろ木戸のほうから竹五郎の道具箱の音が聞こえてきそうな時分になっていた。

きょう二人は内藤新宿をながすと言っていた。内藤新宿には飲食の店が多く、

松次郎にも竹五郎にもお得意さんが多く、二人にとってけっこうな稼ぎ場となっている。

聞こえてきた。羅宇竹《らうだけ》と煙管《きせる》の音だ。

「おぉう、杢さん。あったぜ、あったぜ、気になることが」

まず松次郎が三和土《たたき》に飛び込んでくる。なにやら話したいことがあるようだ。すり切れ畳に腰を落とすなり奥の杢之助のほうへ身をよじり、

「めし喰ってたらよ、儲かるかいなどと気安く話しかけてきやがってよ。気色悪いから早々にめし屋を切り上げてよ」

話しているところへ、背の道具箱を降ろした竹五郎が、

「ほれほれ、松つぁんはいつもそうだ。順序立てて話さなきゃ、杢さんにはなんのことか分からねえじゃないか」

言いながら敷居をまたぎ、松次郎の横に腰を据えた。

「てやんでえ。だったらおめえが話しやがれ」

と、いつものように話が進む。

「どうしたい。内藤新宿でなにかあったかい」

「あったかどうかはまだ分からねえんだが」

と、竹五郎も杢之助のほうへ身をよじった。

昼めし時のことだったらしい。

宿場町であり江戸への物資の集散地でもある内藤新宿の町は、ちょいと裏手にまわれば馬子や大八車の荷運び人足などが出入りする、雑多で安い一膳飯屋がけっこう軒をつらねている。そうしたところも松次郎の得意先となるのだが、ともかく腹ごしらえをと、そうした暖簾の一軒に入った。

するとすぐだった。

「——おう、おめえさんら。鋳掛屋と羅宇屋のようだなあ」

と、背の風呂敷包みを降ろしながら話しかけてきた男がいた。

男は加助《かすけ》と名乗り、風呂敷包みの中は、

「——まあ、その、正月には宝船の絵、春になりゃあ簡単な雛《ひな》人形、夏は蚊遣《かや》りに秋には籠《かご》に入れた鈴虫や松虫といった具合でしてね」

なんと際物師ではないか。

「あっしらより歳を喰っていそうで、四十路《よそじ》は越している感じで、日焼けしているが、悪人面《づら》じゃなかった」

と、竹五郎は言う。

「――いまはなにを商っておいでで？」

「――蚊遣り香《こう》でさあ」

加助は小分けするように包んだ紙袋を出して見せた。木戸番小屋もそうで松の葉をいぶしているが、左門町や佐橋定之助たちの長屋で蚊遣りといえば、除虫菊の花や葉、茎を乾燥させ粉末にしたもので、加助の出した紙袋の中は除虫菊の花や葉、茎を乾燥させ粉末にしたもので、蚊遣りとしては高価なものだった。内藤新宿では料亭やかなり値の張る旅籠などが得意先になる。

「――いやあ。こんな風にそのときどきのものを扱っているより、あんたらのように一つの技を持っているお人ってのは、ほんと羨《うらや》ましいですよ」

などと加助なる際物師は愛想がよかった。もっとも行商人はだれでも愛想がよくなければ務まらないが、

「――そうした出職なら、おなじみのお客があちこちにいなさって、仕事もやりやすうござんしょうねえ」

と、加助はことさらに松次郎と竹五郎を持ち上げた言いようだったらしい。

「だからかえって気色悪く、さっさとめしかっ喰らって出てきたって寸法よ。そんならよう」

松次郎がつなぐように言った。

「まだなにかあったのかい」

「あったさ。俺がトンカンやっているところをのぞきに来やがるのよ」

竹五郎は一軒一軒の裏庭に入るので一度見失えば找すのは困難だが、松次郎は外の一定の場所でトンカントンカンと音を立てるから、居場所はすぐ分かる。

「訊きやがるのよ。あしたもここかってよ。ここかどうか分からねえが、ともかくこの町だ。それがどうしたいって言ってやったさ」

「ほう。その加助って際物師、なんて応えたよ」

李之助は興味を持った。

「――なんでもねえ。ただ、あんたらの仕事が羨ましくって。それだけさ」

加助は言うとその場を離れたという。

「陰富の話などはしなかったかい」

「めし屋でだけど、それはなかったなあ」

「そんなのをすりゃあ、その場でとっ捕《つか》まえてやらあ」

竹五郎が言ったのへ松次郎がつなぎ、

「おう、竹。陽が沈みそうだぜ」

腹掛《はらがけ》の口袋《こうたい》から引っぱり出した手拭をちょいと肩にかけ腰を上げた。

「おう」

竹五郎もおなじ仕草でつづこうとするのへ、

「待ちねえ」

杢之助は声をかけ、二人は三和土に立ったままふり返った。

「それで、あしたはどうなんでえ。また大木戸向こうかい」

「決まってらあ。あそこの稼ぎ場は三日、四日ぶっつづけでお客がついてくれるからよ。なあ、竹よ」

「あゝ。煙管を新調してくれるお人もけっこういてね」

「そりゃあよかった。だけどよ、また加助ってえ際物師が現われ陰富の話でもすりゃあよ。とっ捕まえるんじゃなくって、乗るか乗らねえか思わせぶりなことを言って話をつないでおいてくんねえ」

「源造に話すのかい」

「大木戸のこっち側へ来るようならな。向こう側じゃ源造さんは手が出せねえ。しばらくようすがみたいのよ」

「ま、杢さんがそういうなら。なあ、竹」

「おう」

二人は応え、湯屋に急いだ。

腰切半纏を三尺帯で決めた二人の背に、

（すまねえ）

李之助は心で詫びた。

いくら源造へ合力の名分が立つとしても、実際にはおのれの身に降る火の粉を払うため、松次郎と竹五郎をうまく動かしているのだ。

（そうじゃねえんだ。つい、そうなっちまうんだ）

二人の背が見えなくなってからも、李之助は心中に手を合わせていた。

夜になり、おミネが提灯を手に木戸番小屋に顔を入れ、

「あと一月半ですねえ。十両でもいい。わくわくする」

と、連日の話題はやはり富くじだ。長屋の五世帯で一枚買っている。左官屋と大工の女房が二人で福寿院まで買いに行ったのだ。

「夢はもっと大きく持ちねえ。一膳飯屋のかみさんなんざ、もう百両当たったようなはしゃぎようだぜ」

「そりゃあ狙いは百両ですよう。ほんと李さんも一緒にさあ、割札に加わればよかったのに」

「あはは。二朱といやあ五百文だ。割札が六人になりゃあ計算がややこしくならあ」

「それもそうね。もし当たったらわたしの分、おすそ分けしますね。うふふ」

「あゝ。待っているよ」

と、夢見るように笑みを浮かべ、軽やかな下駄の音とともに提灯の灯りが長屋の路地に消えると、腰高障子の外にまた人の気配が立つ。

「入りねえ」

李之助の声とともに、清次は腰高障子を音もなく開ける。李之助の下駄と同様、この音なしが二人にとっては自然なのだ。

「そりゃあ松つぁんに訊かなくても、鍋を持ってならんでいる女衆に訊きゃあ、あしたもまた来ることは分かりまさあ」

すり切れ畳の上でチロリをかたむけながら、清次もその際物師に興味を持った。

「そのとおりだ。あした一日ようすを見て、その加助とやらがみょうな話を松つぁんと竹さんに持ちかけたなら、また大木戸向こうの久左《ひさざ》どんに話を入れなきゃならねえことになるかもしれねえ」

　杢之助は返した。

　内藤新宿の裏社会で、最も勢力を張っている店頭《たながしら》だ。昼間は大店《おおだな》の旦那衆や地主らで構成される町役《ちょうやく》が町を仕切っていても、陽が沈めば一帯の治安は各町の店頭が仕切ることになる。昼間でも気の荒い馬子や荷運び人足、さらには酔っ払いなどが騒ぎを起こせば、町役の依頼で店頭の若い衆がすぐさま駈けつけ、事態を収める。そうした仕組がうまく作用しているから、宿場の秩序が保て、旅籠も色街も客が安心して泊まることも遊ぶこともできるのだ。

　もちろん内藤新宿は広く、幾人かの店頭が縄張を立てているが、なかでも宿場のほぼ中心部に縄張を持つ久左が、それら店頭たちの元締《もとじめ》になっている。以前に大木戸をまたぐ悪党を退治するのに、杢之助と久左が連携したことが幾度かあり、

（――左門町の番太郎、ありゃあただ者じゃねえなあ）

　と、久左は杢之助に一目置くようになっている。だからといって、杢之助の以前を詮索することはない。この点、榊原真吾と似ている。

「それよりもだ、清次よ」

「へえ」

言いかけたところへ、下駄の音とともに腰高障子に提灯の灯りが射した。志乃だ。

「入りねえ」

杢之助が声をかけると、

「また余りものですが」

と、ぶら提灯の棒を手にはさみ、焼き魚の皿と追加のチロリを載せた盆を両手で支え、足と腰で器用に腰高障子を開け、志乃が三和土に立った。

「いつもすまねえなあ」

「うふふ。いまは突き富のことで、なにかと気をお遣《つか》いでしょうから」

言いながら盆をすり切れ畳の上に置いた。色がいくらか黒く恰幅《かっぷく》のいい江戸女で、店の切盛りはすべて志乃が仕切っている。

亭主と杢之助の以前を知っているのはこの世で志乃だけであり、だから清次は、杢之助と一緒に闇走りをすることもできるのだ。それでいて志乃は一切口を出さず、黙って杢之助と亭主の闇走りを裏から支えている。

「あと一月半ですねえ、福寿院さん」

志乃は嬉しそうに言い、

「では、ごゆっくり」

と、ぶら提灯を手に、外から腰高障子を閉めた。

灯りと下駄の音が木戸のほうへ遠ざかると、

「おめえには、まったく」

「おっと、それはもう言われねえでくだせえ。照れちまいまさあ」

清次はさえぎるように言い、焼き魚とチロリの載った盆を引き寄せた。〝そりゃあ取り越し苦労ですぜ〟が清次の口ぐせなら、〝おめえには過ぎた女房だぜ〟が、杢之助の口ぐせになっている。

「それよりも、さっき杢之助さんが言いかけなすった」

「おう、それ、それ」

杢之助は湯飲みの酒を一口喉《のど》にながし、

「長安寺門前丁の佐橋定之助さまだが、湯屋のとなりの一膳飯屋にはときどき行っておいでのようだが、おめえの店にはどうだい」

「お越しになったことはありやせん、一度も」

「なぜだか分かるかい」

「そりゃあ、あそこの門前丁からじゃ、街道よりも通りの一膳飯屋のほうが近いからでござんしょう」

「それだけかい、ふふふ。近いといっても、わずか一丁半（およそ百五十米《メートル》）だぜ。分からねえかい。おめえの店に行くにゃあ、一度木戸を出なきゃならねえ」

「へえ。木戸を出ればすぐ右手の一軒目でさあ」

「ま、歩いて十歩か。それだけでも、街道を行く人に面《つら》をさらしたくねえからよ」

「ほれほれ、李之助さん。それこそ取り越し苦労ってやつですぜ。あの浪人さんは世を忍んでいるんじゃねえのかって言いてえのでやしょう。仮にそうだとしても、それがどうかしやしたかい。あそこの門前丁にゃ自身番も木戸番小屋もありやせんが、この左門町の裏の木戸にはここ とおなじ番小屋がありまさあ。役人沙汰になったとしても、詰所は向こう側でこっちじゃござんせんや。あはは」

まったく清次の言うとおりである。

「とはいうがなあ」

言いながら李之助は焼き魚に箸をつけた。取り越し苦労であることが理屈では分かっても、

（あの浪人さんはいったい……）

李之助の脳裡から、なにやら感じる懸念は消えなかった。

三

「おう、杢さん。行ってくらあ」

松次郎と竹五郎が木戸番小屋に声を入れ、街道に出て四ッ谷大木戸のほうへ向かうのを、

「きょうもしっかり稼いできねえ」

杢之助は木戸の外まで出て見送った。

「おうっ」

と、いつものように松次郎が天秤棒の紐をぶるると振れば、竹五郎は背の道具箱にガチャリと音を立てた。

やがておミネも朝の声を入れ、

「おう。きょうもしっかりな」

長い黒髪が背になびくのをすり切れ畳の上から見送り、

「さて、きょうも一日」

独りつぶやき、荒物をすり切れ畳にならべはじめたときだった。

下駄の音だ。けたたましく響いてはいないが、

「あーら、杢さん。これからかね」

一膳飯屋のかみさんだ。

開け放された腰高障子から三和土に入ってきた。そう慌てているようすでもなく、こんど来たら佐橋定之助のことを詳しく訊いてみようと思っていたところなので、荒物をならべていた手をとめ、

「どうしなすった。なにか耳よりな話でもあったかね」

迎えるように問いかけた。

「あった、あったよ、杢さん。ありゃあきっと陰富の話さ」

「えっ、陰富？　やはり、出ていましたかね」

声は杢之助ではない。腰高障子の外からだ。一膳飯屋のかみさんの背後に、人の影が立った。すでに敷居をまたいで三和土に入っている。

かみさんは、

「えっ」

と、驚いたように一歩横に避けた。

杢之助はハッとした思いを抑《おさ》え、

「おまえさんは？」

声をかけた。大きな風呂敷包みを肩から背負い、頭には手拭を吉原かぶりに載せ、行商人の形《なり》をしている。

（隠密廻り！）

とっさに杢之助は感じ取った。陰富の探索にそろそろ出てもおかしくない。

「へえ、古着屋でござんして。さっき〝陰富〟と聞こえたものですから。福寿院さんの突き富でござんしょうか。あ、そのまえに、男物の着物や帯、安くしておきますですよ。いかがでございやしょう」

古着屋はすり切れ畳の開いているところに背の風呂敷包みを置いた。奉行所の隠密廻り同心には、古着屋に小間物屋、大工に指物師《さしものし》と、変装するのにそれぞれ得意分野がある、と源造から聞いている。この隠密廻りは古着屋が得意分野なのだろう。なかなかの行商人ぶりだ。だが、目つきは商人ではない。ふところにはきっと十手を忍ばせているはずだ。杢之助も前もって源造から隠密廻りに要注意と聞かされていなかったなら、気づかなかったかもしれない。

一膳飯屋のかみさんなどはなんの疑いもなく、

「なに言ってんのさ。ここに来たって商いにゃならないよ。この町じゃ木戸番さんの着るものは、下帯まで町の者が持ち寄っているのさ」

もちろんかみさんの張ったりだが、隠密廻りの行商人には効いたようだ。

「これは失礼しました。で、さっきの陰富ですが、もう出ておりますので？　いえね、あっしも十文、二十文なら乗りたいと。へえ、値の張るのは無理でやすが」

「いやな他人《ひと》だねえあんたは。あたしが聞いたのはねえ、十文、二十文の吝《けち》な話じゃないよ。一口一両、鶴亀の組にはお構いなしで当たり番号には一律八倍返し、ただし元返しは含まずって」

かみさんは言うと、

「あっ」

と、口に手をあてた。見ず知らずの行商人にべらべらしゃべり過ぎた。

「いいよ、いいよ、おかみさん。買えなくったって話の種にはなりそうだから」

「へえ、そのとおりで。一口一両とはまた剛毅な。そりゃあ手は出せやせんが話の種にはなりまさあ。で、そんな値の張るのって、胴元はどこなんです？」

「なんだねおまえさん。いやになれなれしいねえ」

「へえ、まあ。行商には、いろんな話題も必要なもんでして。へえ」

「そうさ。松つぁんも竹さんも、よくあっちこっちの話を聞いてくるだろう」

「そういえばそうだねえ」

「そうですよ。で、どこが胴元さんで？」

杢之助が巧みに口を入れ、話は三和土に立ったまま、かみさんと行商人とのやり取りになった。杢之助は胡坐のままひと膝うしろに引いた。行商人はしきりに胴元の所在を知りたがっている。

かみさんは話しはじめた。

「どこが胴元か知るもんかね、そんな値の張る陰富なんか」

「だから、その話は誰から」

「誰からって、きのう夕方近く、仕事帰りだろうねえ。うちに来たお客さんが話していたのさ」

「このおかみさんはねえ、この先の一膳飯屋さんさ」

「ほう」

杢之助が補足したのへ行商人はうなずき、かみさんは話をつづけた。

「そのお客さんさあ、二人とも植木の職人さんだったねえ。どこか大店に出入りしていて、そこで聞いてきたんだろうねえ」

「どこのお店《たな》ですかい」

「そんなのわたしが知るもんかね。ただ晩ごはん食べながら話してたのを横合いからちょいと聞いただけさ。その職人さんたちだって初めてのお客さんで、どこの人かも知らないよ。ただ、持ち物から植木屋さんと分かっただけさ」

「半纏を着ていなさったろう。背中になんと書いてあったい」

「あゝ、丸になんとかだったねえ。そんなのいちいち見ていないよ」

かみさんは行商人を面倒に思ったか、視線を杢之助のほうに戻し、

「ま、杢さん、そういうことさ。あたしゃそろそろ昼の仕込みにかからなくちゃならないから」

くるりときびすを返し、さっさと出て行った。

「どうだね。話の種になりそうかね」

一人残った行商人に杢之助が問いかけると、

「あゝ、まあな。あっしもこれで」

急いですり切れ畳の上に置いた風呂敷包みを引っつかむように担ぎ、

「じゃましたな」

と、もう杢之助には見向きもせず、木戸番小屋を出てかみさんの帰ったほうへ歩を進めた。かみさんの店を確かめ、きょう夕めし時に、

（きっと行きやがるな）

確信した。

同時に、さすがは一膳飯屋のかみさんで〝横合いからちょいと聞いただけ〟にしては、一口一両で八倍返し、鶴亀の組はお構いなしに元返しは含まずなどと、詳しく聞き取ったものだと感心した。これをかみさんは杢之助に話に来たのだ。かみさんが話を聞くのに神経を集中し、半纏の文字までは見ていなかったのは事実だろう。

杢之助はこの植木屋二人を知っており、どこで仕事をしていたかも知っていた。三日前の朝のことだ。街道から左門町の木戸を入って来た植木職人二人が木戸番小屋に顔を入れ、道を訊いたのだ。植木職人の半纏の背には丸に〝植〟の字が描かれており、それだけではどこの植木屋か杢之助には分からなかった。外来者の道案内なども、木戸番人の仕事の一つで、ときには縁談の話か町内の娘の評判などを訊かれることもある。

かみさんは行商人に〝どこか大店に〟と言っていたが、杢之助が訊かれたのは大名家の屋敷だった。大和新庄藩《やまとしんじょう》一万石の永井若狭守《ながいわかさのかみ》の下屋敷だった。それは左門町の通りを南へ抜け、寺町の突き当りを右手の西方向に曲がり、すぐまた南へ向かう往還を一丁（およそ百米）余り進んだ左手の白壁の屋敷だ。つまり南へ向かわず突き当りの往還をそのまま行けば、長安寺の門前丁の町場ということになる。

そこは下屋敷だから家臣や奉公人の数も少なく、大名屋敷の格式ばった緊張感も薄く、二人は仕事三日目で、屋敷の中で誰か親しく話すようになった中間《ちゅうげん》か女中あたりから一口一両の話を聞いたのだろう。

昼八ツ（およそ午後二時）時分だった。清次がすり切れ畳に腰を降ろし、杢之助のほうに身をよじっていた。

話しているのは杢之助で、声を落としている。

「いやあ、助かったぜ。さいわい隠密廻りは、一膳飯屋のかみさんのほうへ注意を向けてくれてなあ。儂はまったく脇役だった」

「その〝行商人〟が夕めし時分に一膳さんに行くなら、居酒屋《うち》にも来るかしれやせんねえ。うまくはぐらかしておきやしょう」

「それもいいが、おめえも気をつけるんだぜ」

「ははは。あっしは調理場に入《へえ》っておりやすから」

話しているところへ、

「木戸番さん！　あっ、これはおもてのご亭主」

木戸番小屋に飛び込み、三和土に立ったのは下っ引の義助だった。

「おや、これは源造親分の。なにかありましたか」

「へえ、こちらの木戸番さんにちょいと」

清次がすり切れ畳に腰を下ろしたまま向きを変えたのへ義助は返し、

「木戸番さん、源造親分が榊原さまにすぐ来てくれ、と。へえ、あっしがここから案内いたしやすので」

「ほう、捕物かい。すぐ呼んでくる。ここで待っていなせえ」

李之助は応え、

「あ、清次旦那。申しわけありやせん。すぐ戻りますので、はい、その、ちょいと留守番を」

「あゝ、いいですよ。なにやら御用の筋のようで」

「へえ、そのようで。じゃあ、ちょいと」

李之助は下駄をつっかけ、急ぐようにおもてに出た。

（相変わらずだなあ、李之助さんは）

白足袋に下駄をつっかけ、地味な着物を尻端折《しりはしょり》に、よたよたとしたようすで急ぎ出かける姿に、清次は内心思い苦笑した。同時に、義助がなにも気づかないことに安堵した。下駄をつっかけた杢之助の足から、音が立たないのだ。杢之助の身についた癖だが、これまでそこに気づいたのは榊原真吾だけで、それは真吾が杢之助を〃ただ者ではない〃と思うようになったきっかけでもあった。源造も気づいていない。

「源造親分がどこか打ち込みでもかけなさるのかね」

「へえ、まあ」

清次の問いに義助は言いよどみ、口を閉じた。

「大変だねえ、義助親分も」

と、清次もそれ以上は訊かなかった。

杢之助はすぐに戻ってきた。

真吾が一緒だ。筋目のない袴の股立《ももだち》を取り、大小を帯びている。

木戸番小屋の中に入るまでもなく、

「源造さんがそれがしに用事だって？」

「へえ。いますぐ」

三和土に立ったまま待っていた義助は、すぐさま外に出て真吾を迎え、

「さあ、ご案内いたしやす」

手で街道のほうを示した。

「清次旦那、ありがとうございました」

真吾と義助は、鄭重《ていちょう》に言っている杢之助の声を背に聞き、木戸を出て四ツ谷御門のほうへ急いだ。

杢之助はふたたびすり切れ畳に戻ると、

「どうだい。待っていたあいだ、義助どんはなにか言っていたかい」

話しようも元に戻った。

腰を据え直した清次も、

「さすが下っ引稼業も身についてきたのか、なにも話しやせんでした」

「こいつは榊原さまがお帰りになるのが楽しみだなあ。松つぁんと竹さんが内藤新宿から戻ってくるのも待ち遠しいが、きょうは朝からどうも落ち着かねえや」

「まったくで」

言っているところへ、またけたたましい下駄の響きだ。清次の居酒屋が暇な時間帯なら、一膳飯屋もおなじなのだ。手習い処も手習い子たちが帰ったあとで、

打ち込みにも源造は真吾の手のすく時分を選んだようだ。

「ねえねえ、ちょいと。ただ事じゃないよ。源造さんとこの若いのが来て、それに榊原さまが一緒に出かけ、それにさあ、刀、二本差していなさったよねえ！」

一膳飯屋のかみさんは興奮したようすで言う。さっきから木戸番小屋のようすを見ていたようだ。

「あゝ、私が話しましょう」

清次がすり切れ畳に腰かけたまま言った。

一膳飯屋のかみさんは三和土に立ったまま、

「そういえば清次旦那、義助さんとここでなにやら話していましたよねえ」

清次のほうへ一歩進み出た。いまや一膳飯屋のかみさんは、左門町に陰富が入り込まないように防御するための大事な人なのだ。

清次は、源造が榊原真吾に後詰《ごづめ》を求めていることを正直に話した。

「えっ。杢さん、ほんとう！　打込み？　どこ、どこでさ！」

「そこまでは源造さんが明かすものかね。ことは捕物だよ」

「そう、そうだよねえ。手習い処のお師匠、いつお帰りになるかねえ」

「そりゃあどんな打込みになるか分からないし、どこまで行きなさるかも、お帰りもいつか分からないよ」

　杢之助とのやりとりになっている。

「でもさ、きっと源造さんの縄張の内に違いないよ。ちょっと御箪笥町まで見に行ってくるよ」

「よしなよ。素人が行ったんじゃ源造さん、困りなさろうよ」

「そういうことですよ、おかみさん。御箪笥町に行っても、打込みの場所など誰も教えてくれないよ」

と、清次も引きとめた。ここでけしかけたりすれば、ほんとうに木戸を街道に飛び出しかねないようすだった。

　肩を落としたかみさんに、

「それよりもおかみさん。長安寺の佐橋さまだが、よく来なさるかね」

　杢之助は話題を変えた。隠密廻りの件は、訊かなくてもまた来ればかみさんのほうからあとで話すだろう。

「あゝ、あの門前丁に半年ほど前に越して来たご浪人さん。ときどき来なさるけど、それがなにか」

「いや、別に。おかみさんのところによく行ってなさるのに、街道の清次旦那のところへは一度もおいでにならないなあって、さっき清次旦那と話していたのさ」

「あはは。それなら答えは簡単さ。あのご浪人さん、まったくの下戸《げこ》で、酒のにおいをかいだだけで胸焼《むなや》けがして、その場にいられなくなるんだって。それだけさ。うちは、酒は出していないからねえ」

「なあんだ。そういうことかい」

李之助は言うと、清次と顔を見合わせた。

「それじゃあ、わたしはこれで。佐橋さまじゃなくって榊原さまのほう、お帰りになったらきっと教えておくれよね」

一膳飯屋のかみさんは、肩を落としたままきびすを返した。

木戸番小屋にはまた李之助と清次の二人になった。話しようも元に戻った。

「ほら、ご覧なせえ。あははは。下戸じゃ居酒屋には来られませんや」

「うーむ」

李之助は唸った。しかし佐橋定之助は、木戸番小屋から帰るとき、確かに街道を気にしている仕草を見せたのだ。

「ともかくだ、きょうは松つぁんと竹さんの帰りと、それに榊原さまの打込みのようす、隠密廻りがまた来るかどうか、まったく朝から気の抜けねえ一日になっちまったもんだ」

「そのようで」

杢之助は話題をはぐらかし、清次もそれに応じた。

だが、杢之助の佐橋定之助への疑念が消えたわけではない。なんの疑念なのか、それが杢之助にも、

(分からない)

ただ脳裡に、もやもやしたものを感じる。陰富とは、別種のようだ。

四

夕刻が近づいた。

松次郎と竹五郎、それに真吾がいつ戻ってきてもいいように、早めにすり切れ畳の荒物をかたづけた。内藤新宿の加助なる際物師と、真吾が合力したであろう打込み、さらに再度来るであろう隠密廻りを思えば、佐橋定之助への疑念はしばし脳裡の隅に追いやられた。

「ほっ。宿《しゅく》のほうが早かったか」

李之助は腰を浮かせた。竹五郎の道具箱の音が聞こえてきたのだ。

「おう、帰《けえ》ったかい。入んねえ」

松次郎より早く、李之助は開け放した腰高障子の外へ声を投げた。

「へへん、待っていたようだねえ」

松次郎はなにやら収穫のあったような顔で敷居をまたぎ、

「おっ。もう売り物をかたづけたのかい」

と、すり切れ畳に腰を下ろし、

「野郎、また出やがったぜ。加助よ。きのうとおんなじでえ。陰富とは関係ありそうなさそうな。めし喰いながらよう」

「どういうことだい」

身をねじって言う松次郎に李之助は問い返した。

「ほれ、松つぁん。順序立てて言わなきゃ」

と、竹五郎が入ってきた。

「だったらおめえが話せよ」

いつもの展開だ。

「あゝ」

竹五郎は軽く返し、すり切れ畳に腰を据えた。

二人は内藤新宿で、きのうとおなじめし屋に入った。すると、待っていたかのように加助も入ってきて、

「――あんたら、大木戸の向こうから来なすっているようだねえ」

言ったという。内藤新宿で〝大木戸の向こう〟といえば、左門町も含む四ツ谷一帯のことになる。

「――いえね、あっしはきのう江戸府内にも商いの足を伸ばしやしてね。あそこは左門町ですか。そこの木戸を入りなさるのを偶然見かけやしてね。声をかけようと思って木戸のところから通りをのぞくと、もうお二人とも姿が見えず、そのまま帰ってきましたのさ。あんたら、あの町の住人ですかい」

加助が問うのでそうだと応えると、さらに、

「――ならばこっちの内藤新宿だけじゃなく、四ツ谷一帯もまわってらっしゃるんでしょうねえ」

などと問いを入れたという。

「だからよ、あたぼうよ、四ツ谷から市ケ谷、千駄ケ谷、赤坂まで町場も武家地もまわって、みんな俺っちの庭みてえなもんよと言ってやったよ」

「するとよ、加助さん、自分は江戸には新参者で、いまは内藤新宿の木賃宿に泊まっているって言っていたよ。なんだかきのうより腰が低くって」

「そう、気味が悪いぜ。あしたも俺たちゃ店開きの場所は違っても、おなじ宿のなかだ。またべたべたくっついてくるかもしれねえなあ」

竹五郎が言ったのへ松次郎がつないだ。

「突き富も陰富も話に出なかったのかい」

「そうよ、出なかった。だから最初に言ったろう。関係ありそうななさそうなって」

杢之助の問いに、松次郎がそれ見ろといった表情で応えた。

なるほど鋳掛屋と羅宇屋のまわる範囲を訊いたのは、陰富を売りさばく準備のようでもありそうななさそうな、どちらとも判断がつかない。だが、加助なる際物師が大木戸のこちら側に来て松次郎と竹五郎を偶然見かけたというのは、おそらく内藤新宿からあとを尾《つ》けたのであろう。

（加助とやら、やはりなにがしかの目的を持って二人に近づいている）

杢之助は思いを強めた。

二人が湯に行き、さらに陽が沈んでからだった。まだ明るさは残っている。街道に家路を急ぐ往来人や荷馬、大八車はまだ見られたが、左門町の通りには人の動きはなくなった。

下駄の音が響いた。一膳飯屋のかみさんだ。清次の居酒屋にはこれから入る客もいるが、一膳飯屋はこの時分に暖簾を降ろす。

前掛《まえかけ》のまま手拭で手を拭きながら、

「杢さん、杢さん。まだお師匠、お戻りじゃないかね」

腰高障子のあいだから中に顔を入れた。

「まだだ。儂も待っているんだがねえ」

「清次旦那のところか、それとももう手習い処へ……。ちょいと見てくるよ」

「よしなせえ。帰ればきっとここへ寄りなさるから。それよりもおかみさん」

言ったときにはもう、下駄の音は木戸から街道に出ていた。

朝方の古着の行商人が夕めし時に来たかどうかを訊きたかったのだ。

待つほどもなくかみさんは戻ってきた。

「どうだったい」

「やっぱり、まだだったよ」

「そうだろう。きょうはもう火灯《ひとも》しごろだ。あしたの朝また来なよ。福寿院へ走って行ったときのようにさ。今夜中に、遅くなってもようすを聞いておくから」

「そうかい。じゃあ頼むよ、杢さん」

「そうそう、おかみさん」

力なく帰ろうとするかみさんを呼びとめた。

「なんだね」

かみさんは面倒そうにふり返った。腰高障子の外に立っている。

「きょう夕めし時さ。朝方の古着屋さん、また来なかったかね」

「あれ、杢さん。よく知っているね。来たよ。それがなにか」

「訊かなかったかい。おかみさんが朝方言っていた一口一両の陰富さ」

「あゝ、しつこい人でねえ。また朝とおんなじことを訊くのさ。あたしゃ朝方ここで話したことと以外は知らないよ。きのう来た植木屋さん二人も、きょうは来なかったしねえ。もう、仕事が終わったのかねえ」

「それで、古着屋さんは？」

「それでって？　夕飯をうちですませて帰ったよ。それだけ」

かみさんは言うと力なく帰ろうとした。

杢之助の心中は穏やかではない。あしたから隠密廻りは、植木職人を入れていた〝大店〟はどこか、古着の行商人の扮装で近辺を嗅ぎまわるだろう。しだいに薄暗くなるなかにかみさんの背を見送りながら、杢之助はぶるると背筋を震わせた。

かみさんが十歩も帰らないうちだった。

木戸のほうから軽やかな下駄の音が入ってきた。

おミネだ。

「杢さん、杢さん。お師匠がいま居酒屋《うち》に。清次旦那がすぐ来てくれって」

かみさんにもその声は聞こえた。

「えっ、お師匠！」

急に勢いづいた声になり、つづいて勇み立った下駄の音が戻ってきた。それでよい。真吾が木戸番小屋よりも清次の居酒屋に入ったのは、話を広めたいからだろう。

店にはすでに壁の掛行灯《かけあんどん》に火が入っており、飯台にはお店者《たなもの》二人と職人風が三人ばかり座っていた。お店者二人はときどき見かける顔で、おそらく近くに住んでいる奉公人だろう。

真吾は杢之助を待っていたように、

「いやあ、市ケ谷でちょっとした捕物だったぞ」

「えっ、捕物？」

お店者も職人風も箸をとめて注目した。語る真吾の飯台には、向かい合わせに李之助と一膳飯屋のかみさんが座を取っている。

真吾は順序立てて語った。

最初の手柄は、若い下っ引の義助と利吉だったようだ。

二人は市ケ谷八幡町で、一口一朱で十倍返しの陰富が出まわっているのを嗅ぎつけた。八幡町は奇妙な町で、外濠に沿った往還がそのまま市ケ谷八幡宮の門前町になり、濠《ほり》側に葦簀《よしず》張りの茶店がずらりとならび、八幡宮側に京菓子屋や蕎麦《そば》屋、筆屋、小間物屋などの常店《じょうみせ》が暖簾をはためかせ、人通りも多く紅いたすきに紅い鼻緒《はなお》の下駄を履いた茶汲み女たちが、競うように呼び込みの声を上げている。枝道に入ると旅籠や料亭、水茶屋のならぶ一画もあれば、雑多な長屋のならぶ一画もある。この一帯も源造の縄張で、岡っ引にはけっこう実入りのある土地柄だ。

一朱は一両の十六分の一だが、銭《ぜに》では二百五十文で決して安くはない。

源造は義助と利吉の報告を受け、秘かに探索の手を入れ、ほぼ全容を突きとめた。胴元は脇道を入った小さな一軒家に住みつき、人別帳にも名がない四人組の与太で、一人は腕の立ちそうな浪人だった。おもてのつなぎ役には、屋台の汁粉《しるこ》屋の老爺《おやじ》を立て、客を募っていたのだった。源造にすれば、そういう輩《やから》が縄張《しま》内《うち》に住みつけば、あとあと面倒なことになる。

本来なら八丁堀に知らせ、同心が六尺棒の捕方《とりかた》を引き連れて打込み、その道案内をするだけなのだが、いまの源造は手札だけではなく十手・捕縄《とりなわ》を預かっている。単独でも取り押さえられるのだ。そこで打込みの段になり、急遽《きゅうきょ》義助を左門町に走らせ、榊原真吾に助っ人を求めたのだ。

その榊原真吾が戻ってきた。

居酒屋に入っていた客たちは、思わぬ捕物談義に色めき立ち、おなじ飯台の一膳飯屋のかみさんなどは、樽椅子《たるいす》から腰を浮かせ、

「それで！　それで！」

と、飯台の上に身を乗り出している。

真吾が案内されたのは、市ケ谷八幡町の通りから枝道に入った水茶屋の離れだった。女将が源造の女房の朋輩《ほうばい》で、なにかと便宜を図ってくれた。四人と汁粉屋の老爺がそろうのを待ち、源造と義助、真吾と利吉の四人がおもてと裏から一斉

に打込み、その場で五人に縄をかけ、数々の証拠の品とともに八幡町の自身番に引いた。

源造が奉行所に利吉を走らせたのはそれからだった。ちょうど陽が沈み、左門町では一膳飯屋のかみさんが麦ヤ横丁の手習い処に走り、また木戸番小屋に戻ってきた時分になろうか。

「もう奉行所から同心が捕方を引き連れ、五人を引き取っているころかなあ」

「ご浪人さんは、そこまではつき合わずに帰ってきなすったので？」

「もちろんだ。自身番まで引けば縄もかけているし、町役たちもいる。逃げられる心配はないからなあ」

職人風の一人が訊いたのへ真吾は応えた。

杢之助に一膳飯屋のかみさん、傍《かたわ》らで聞いている志乃におミネ、それに調理場から顔を出している清次など、日ごろの真吾を知っている者はしきりにうなずいていた。お店者風の二人も得心したようにうなずいている。真吾の力量を知っているのだ。もし源造と岡っ引二人だけなら、取り押さえたのは汁粉屋の老爺だけということになっていたかもしれない。

だが、源造の手柄は大きい。一味すべてを捕えたのだ。

「源造さんは、暗くなってもきょう中に茅場町《かやばちょう》の大番屋に引いて行ってもらうと言っていたなあ」

真吾は言った。他の町のことながら、職人風もお店者もうなずきをくり返した。自身番は町の費用で運営されている。捕えた者を留め置いたり役人が出張って来たりすれば、その費用はすべて町の費消《ひしょう》となるのだ。五人も拘束したのだから、一晩でも泊めれば出張って来た役人も朝までその町にとどまり、町の出費はかなりのものになるだろう。大店のあるじや地主らで構成される町役たちは、源造が五人を自身番に引いてきたとき、まっさきに費消の算盤《そろばん》をはじき、顔を曇らせたことであろう。それを今夜中に八幡町から連れ出してくれるとなれば、そこに残るのは源造への賞賛だけとなる。

(源造さんにつなぎを取るのは、あした午過《ひるす》ぎになるか)

李之助は胸中に算段した。隠密廻りが徘徊しはじめたこと、大名家の永井屋敷で一口一両の陰富がささやかれているらしいこと、丸に〝植〟の字の植木屋のことなど、源造に知らせたいことがいっぱいあるのだ。

真吾の話が一段落し、職人風の三人は腰をあげ、

「きょうはすげえ話を聞かせてもらいやした。しかもさっき起きたばかりで」

「こんな話の種、初めてでさあ」

と、大喜びで居酒屋の暖簾を出た。これから内藤新宿にくり出すのだろう。

「わたしも」

一膳飯屋のかみさんも暖簾の外に首を出し、

「あらあら、もうまっ暗」

「うちの提灯、持っていきなさいな」

志乃が言ったのへ杢之助が、

「ちょうど火の用心にまわる時分だ。儂が送っていきやしょう」

と、種火だけおミネからもらい、一度木戸番小屋に戻ってから拍子木の紐を首にかけ、提灯を手にかみさんと一緒に一膳飯屋のほうへ向かった。通りに灯りは、杢之助の提灯のみだ。

「おかみさん、一口一両の陰富なんざ、どんなお人が乗りなさるのか知りやせんが、こんど源造さんが来たらおかみさんから話してやりなせえ。儂からもそれとなく話しておくよ」

「そうよねえ。この左門町のみんなで割札やってもそんな大口は乗れないし、それにみんな縄つきになったんじゃ……おお怖い」

杢之助が拍子木を打ち、火の用心の声を上げたのは、一膳飯屋の前を過ぎ、一人になってからだった。

いかに一膳飯屋のかみさんとはいえ、この時分から噂は広がらないだろうが、あしたの午には広範囲に伝わっていることだろう。

清次の居酒屋ではすでに真吾は提灯を借りて帰り、お店者風の二人は、

「こりゃあ陰富には手が出せないねえ」

「だけど一口一朱なら、つい乗る人が出るかもしれないねえ」

話しながらまだ飲んでいる。内藤新宿へくり出すつなぎではないようだ。

「陰富の話、この近くでもあるんですか」

志乃が徳利《とっくり》でお猪口《ちょこ》に酌《しゃく》をしながら話に加わった。

「いえ、まったくありませんねえ。不思議なくらい」

「そりゃあ福寿院からのまともな売出しとほとんど同時に、富会《とみえ》が八朔《はっさく》で陰富は厳しくご法度と噂がながれましたからねえ。やっぱりほんとうだったんだ」

「そうだねえ、源造さんだけじゃなく、手習い処のお師匠まで出張りなさるとは。くわばら、くわばら」

お店者二人は話した。一膳飯屋のかみさんが触れてまわった、陰富に要注意の

噂がけっこう効いているようだ。

五

翌朝、陽がすっかり昇ってからだったが、

「志乃さん、おミネさん。ちょいと留守を頼みまさあ」

李之助は下駄に白足袋と地味な着物を尻端折に、日除けに手拭で頬かぶりをして出かけた。どこから見ても、しょぼくれた木戸の番太郎だ。

内藤新宿は、昼間は物資の集散地で通りには荷馬や大八車が土ぼこりとともに行き交い、汗臭いなかに人足らの威勢のいいかけ声が聞こえてくる。だが陽が落ちると、色とりどりの軒提灯が掲げられ様相は一変する。脇道に入れば脂粉の香がただよい、怪しげな雰囲気になる一角が随所にある。

店頭《たながしら》の久左の住処《すみか》は街並みの中ほどを脇道に入ったところにある。鍋を打つトンカンの音が聞こえないから、竹五郎ともどもかなり西手のほうまで行っているのだろう。宿《しゅく》をながすのはきょうで三日目だ。

久左の住処に訪《おとな》いを入れると、

「これは左門町の木戸番さん」

と、与市《よいち》という若い衆が鄭重に迎えた。店頭の一家が町の番太郎を鄭重に迎えるなど、久左と李之助のあいだ以外には考えられないことだ。

奥の部屋に通され、迎えた久左のほうから話しはじめた。一見遊び人風だが、源造に似て押し出しの効く面構えだ。座は李之助と久左と、それに与市の三人だけだ。

「聞きやしたぜ。李之助に用事があるときは、いつも久左は与市を左門町に走らせている。

「源造さん、張り切っていなさるねえ。きのう市ケ谷で陰富を挙げなすったとか。助っ人の浪人さんてえのは、榊原さまじゃござんせんかい」

と、久左は真吾をよく知っている。麦ヤ横丁で手習い処を開く前、真吾は内藤新宿で複数の旅籠の揉め事始末というか、用心棒をしていたのだ。だから真吾は、店頭の役割やこうした町の仕組も熟知している。

「ほう、さすがは店頭さん。耳が速い」

「きのうの夜、この界隈の飲み屋に話がつたわり、けさも四ツ谷のほうから来た荷運びの人足らが話しておりやしてね」

きのうの夜というのは、おそらく清次の居酒屋で一緒に真吾の話を聞いたあの三人の職人たちだろう。

話はその陰富に移った。

「久左さん、約束してもらいてえ。大木戸の内側には手を出さねえ、と。源造さんは張り切っていなさるし、富会が八朔ということで、城下に不祥事があってはならぬと、奉行所の隠密廻りまで町場に徘徊していますさあ。儂の住まわせてもらっている町に、波風は立てたくねえので」

内藤新宿では店頭たちが陰富の胴元をしているのを、承知のうえで李之助は話している。店頭が、こんな好機を傍観するはずはない。

「分かっていますさあ、李之助さん。大木戸は越えねえ。この宿で、もし素人衆が勝手に胴元をやったりすりゃあ、あっしらは黙っちゃおりやせんので」

李之助は安堵を得た。店頭の縄張内で一家以外の者が胴元をやったりすれば、それは野博打《のばくち》とおなじで一家の者が見過ごすことはない。

陰富の胴元を店頭がする分には、仁義を守ってそれぞれの縄張の外にまで手を伸ばすことはない。始末に負えないのは、やはり素人衆の跳ね上がりである。

李之助は切り出した。

「たぶんこの宿に塒《ねぐら》を置いて、大木戸の内側にまで際物師の商いをしている、加助っていうのをご存じありやせんかい」

「知っていまさあ、加助さんなら」

応えたのは若い衆の与市だった。久左も知っているのかうなずいている。

「あはは、左門町の木戸番さん。加助さんが際物師をやっているからって、あちこちで陰富の客を募っているって？　そりゃあ見当違いですぜ」

「そうみていなすったかい。考え過ぎですぜ。杢之助さんらしくもねえ」

与市が言ったのへ久左もつづけた。しかも〝考え過ぎ〟などと、清次とおなじようなことを言う。

「いいえ。用心に越したことはねえと思いやしてね。一応、念のために」

杢之助は言葉をにごした。だが、加助の松次郎と竹五郎への近づきぶりは尋常ではなく、なにか魂胆があるとしか思えない。

「与市」

「へえ」

「杢之助さんが余計な気遣いをしねえよう、説明してあげろ」

「へいっ」

久左にうながされ、与市は話しはじめた。

「あの三人がこの町に流れて来たのは、ほんの十日ほど前でさあ」

「三人？　それに十日？」

「さようで。お武家の若い姉と弟さんで、加助さんはその下男というか、武家では中間《ちゅうげん》というやつでしょう」

「武家の若い姉弟《きょうだい》と中間……？」

思わぬ展開になった。

「この近くの木賃宿で、あまり金のかからねえ旅籠に草鞋を脱ぎ、一応商いもするので、決して怪しい者ではないとここへ加助さんが挨拶に来られやしてね。加助さんが際物師をやっていなさるのは、もちろん稼ぎのためでもありやしょうが、人を找《さが》しているとかで」

「誰を？」

「ここ半年の内に越してきた、一人暮らしの侍はいねえか、と。もちろん浪人でやしょう」

「なんのために」

「もちろん訊きやした。ですが、言わねえのでさあ」

「まさか、敵討《かたきう》ち⁉」

同時に杢之助の脳裡には、長安寺門前丁の佐橋定之助が浮かんだ。

ならば、

（佐橋さまは……敵持《かたきも》ち⁉）

瞬時、脳裡をめぐった。

「そうかもしれねえ。だが、ご当人さんらが言わねえんじゃ仕方ねえ。この半年の内に内藤新宿に住みついた浪人さんなどいねえし、この町で騒ぎさえ起こさなきゃそれでいいと、放っておくことにしているんでさあ。找している者の名も年恰好も分からねえじゃ、合力のしようがありやせんや」

久左が応え、さらに、

「左門町は福寿院のある伊賀町に近こうござんしょう。近くのお寺や神社で祭りがありゃあ、町はなにかと忙《せわ》しなくなりまさあ。まして富くじなんざ、祭りが三つも四つも一度に来たような騒ぎだ。しばらく放っておきなせえ。こんなときに関わりのねえことに関わるなんざ、身が持たなくなりやすぜ」

なるほどこの忙しないなかで別のことに関われば、そうかもしれない。現にこのあとすぐ、御簞笥町に源造を訪ねなければならないのだ。武家の敵討ちなど、町場にはおよそ関わりのないことだ。だが、佐橋定之助の居場所が、左門町に近すぎる。

久左の住処を出るとき、与市が玄関まで見送った。

「加助さんが気になりなさるなら、なにか変ったことがあればあっしが左門町にひとっ走り、お知らせしますさあ」

「あゝ、頼みますさあ」

李之助は返し、おもての通りへ出た。

「おっと、爺さん。気をつけなせえ」

前から来た大八車を除けると、目の前に馬の顔があった。

「おっとっと、ごめんなさんして」

馬子よりも馬の顔へ言うようにまた避けた。

李之助は雑踏の中を歩くときが、最も気が休まる。下駄に音のないのが目立たないからだ。人通りの少ない枝道を歩くときなど、故意に引きずるように歩いて音を立て、見た目にかえって目立つことになる。

(これも因果かなあ)

いつも思わざるを得ない。

その意味から、ずっと大八車や荷馬と一緒になる内藤新宿から左門町まで、李之助には最も気を遣わずに歩ける道だ。

六

源造を訪ねる前にひとまず番小屋へと木戸を入りかけると、

「あ、杢さん、杢さん。ちょうどよかった」

居酒屋の暖簾からおミネが顔を出した。源造がいま居酒屋に来ているという。

源造も、杢之助を訪ねて来ていたのだ。源造はすぐに座を木戸番小屋へ移した。

そこへ下駄の音がけたたましく響いたのもちょうどよかった。そろそろ昼の仕込みに入る時分だが、きのうの捕物を直接源造から聞きたいだろうし、源造に一口一両の話をするのは、杢之助より一膳飯屋のかみさんのほうが詳しく話せるだろう。

「ねえねえねえ、源造さん！」

かみさんは木戸番小屋の三和土に走り込むなり、

「聞きましたよ、聞きましたよ、きのうの大捕物」

「そうかい、そうかい」

立ったまま話すかみさんに、源造はすり切れ畳に腰をおろしたまま十手で手の平を打ちながら、上機嫌に眉毛をひくひくと動かしている。

源造がきのうの話を始めそうになったので、

「それよりもおかみさん」

杢之助は話に割って入り、

「おとつい晩めしを食べに来た植木職人の話、一口一両のさ」

「そうそう、源造さん。それなんだよ」

「なに！　一口一両!?」

源造の眉毛がびくりと動いた。

「どこかの大店の庭木の手入れでもしていて聞いたのだろうねえ」

と、かみさんは一口一両八倍返しの話を職人二人の言っていたとおり、鶴亀の組はお構いなし元返しは含まずと、詳しく話した。

「どこのお店《たな》だ！　庭木の手入れをしていたのはっ」

源造はいまにも立ち上がりそうにかみさんのほうへ太い首を伸ばした。なにしろ一口一両となれば、一朱の十六倍だ。市ケ谷とは桁違《けたちが》いの大口陰富だ。

「知らないよ。職人さんも初めてのお客さんだったし」

「肝心なところが分からねえじゃ話にならねえぜ」

「そんなこと言われても」

かみさんは勇んで話したのに、困惑した表情になった。

李之助は話を前に進めたかった。

「おかみさん。そろそろ店の仕込みのほう、大丈夫かい」

李之助に言われ、かみさんはふり返って、

「あっ、いけない。昼の仕込みをしなくっちゃ。源造さん、知っていることは全部話したよ。この町の人がお縄になる前に一両の話、つぶしておくれよね」

念を押すように言うとくるりと向きを変え、敷居を跳び越えふたたび往還に下駄の音を響かせた。

木戸番小屋の中が、急に静かになったような感じがする。

「どういうことでえ」

源造は片方の足をもう片方の膝に乗せ、李之助のほうへ身をよじった。李之助が一膳飯屋のかみさんを、故意に返したのへ気づいたようだ。

「あゝ、これから源造さんを訪ね、話そうと思っていたのさ。かみさんは庭木の手入れがどこかの商家だと勝手に思い込んでいるが、実はなあ」

李之助は職人二人が道を訊《たず》ねに木戸番小屋へ来たところから順序立て、それがすぐ近くの新庄藩永井家一万石の下屋敷であることや、半纏のことなども話した。

「なんだって！　その下屋敷、ここからすぐじゃねえか」

源造は絶句し、眉毛の動きをとめた。

武家屋敷の中間部屋で賭場《とば》が開帳されていても町方が踏み込めないように、武家が陰富の胴元になっていたなら、たとえ判っても奉行所は手も足も出ない。

「うーむむむっ」

源造は悔しそうにうめき、

「おい、バンモク。その話、さっきのかみさんにゃ話していねえな」

「もちろんだ。いまあんたに話すのが初めてだ」

「よし、分かった。こいつは誰にも言うな。俺の手には負えねえ。八丁堀の旦那に相談してみらあ」

「承知した。だがな源造さん、隠密廻り同心が来たぜ」

「なに！」

源造はふたたび眉毛を動かした。

「古着の行商人に化けてよ。その人にもかみさんはさっきの話をした。しかもここでよ。そのあと植木職人が来そうな時刻に行商人が一膳飯屋に入ったので、こいつは隠密廻りに違えねえと思ったのよ」

「うーむ。きっとそうだろう。あのかみさん、どこまで話した」

「かみさんが話したのは、さっきのがすべてさ。庭の手入れはもう終わったのか、そのあと植木屋は来ていねえ。それに源造さん、気づいたかい」

「なにを」

「かみさんは隠密廻りにも〝どこかの大店の庭の手入れ〟と言ったのだ。だからあの隠密さん、しばらくはそれが大名家だとは気づかないと思うよ」

「ふむ、それでいい。探索にむだ骨を折らせておきゃあいい」

源造は言い、いつになく木戸番小屋は緊迫した雰囲気になった。

杢之助は問いを入れた。

「それより源造さん。きのうの捕物は榊原さまから聞いたが、その後どうなったい」

「それよ。おめえにも話しておかなきゃならねえと思って、きょうわざわざここへ来たのよ」

「ふむ」

杢之助はひと膝すり出た。その後の八幡町のようすを、詳しく知りたいのだ。

源造は話した。自分の手柄話でもある。

胴元一味の四人と屋台の老爺は、源造の進言どおり捕方を率いた同心がその夜のうちに茅場町の大番屋に引いて行ったという。

「締め上げるのはきょうからだ。もう始まっているだろうよ。どのくらい一口一朱の陰富をさばいていやがったか。なあに証拠の品は俺が全部押さえて同心の旦那に渡してあらあ。締め上げてからそれの裏を取りに、同心の旦那が早くてきょうの午後から、遅くてもあしたには出張って来なさろうよ。一口でも乗ったやつら、いまごろ震え上がっているだろうよ。与太や茶汲み女などの根なし草で逃げ出しそうなやつはいねえか、いま義助と利吉に見張らせているのよ」

「うっ」

「どうしたい」

「いや。なんでもねえ」

言ったものの、杢之助は同心が出張るかどうかを知りたかったのだ。

出張るようだ。

源造は十手で手の平を打ちながらつづけた。

「だから俺はきょう午過ぎにゃ御簞笥町に戻っていなきゃならねえのさ。一緒に八幡町の自身番に入り、同心の旦那の案内役に立たにゃならねえからなあ。こっちのあたりで胴元を挙げることになりゃあ、旦那方の案内役はバンモク、おめえに頼むことになるぜ」

「あゝ」

杢之助は短く返した。陰富がこの近辺にも蔓延《はびこ》れば、同心を左門町に入れないどころではすまなくなる。

(案内役は儂かよ)

杢之助は心ノ臓が高鳴るのを懸命に抑えた。

市ケ谷の一口一朱が左門町のほうにまで波及することはないだろう。いまやることは、別の胴元が近くに現れるのを事前につぶすことだ。ところが一口一両などと、とてつもない大口の話が浮かび上がったのだ。これがどう進展するか……。

加えて加助なる際物師の話は、久左を訪ねたことにより、陰富には関わりないと判明したが、それで解決とはなっていないのだ。

「それよりもおめえ、俺がさっき来たとき、木戸番小屋にいなかったが、どこへ行ってやがったよ」

「あゝ、あれかい。大木戸向こうの店頭へちょいと」

源造が話題を変えてくれたことへ、杢之助はホッとした思いになって応えた。

「ほう、久左どんかい。で、やっていたかい」

「それは分からねえ。ただ、大木戸を越えねえように念を押しておいた。確約してくれたぜ、大木戸のこっちにゃ踏み越えねえって」

「ほうほう。それはいいことをしてくれた。大木戸向こうのやつらがこっちの住人に手を出してきたら、ちょいと面倒だからなあ。見張りにはここが一番いい。久左どんなら間違えねえと思うが、一応用心していてくれ」

「あゝ、いいともよ」

杢之助は返した。源造も、内藤新宿で店頭たちが陰富の胴元をするのは承知のうえで話している。

「さあて、俺はもう帰らなきゃなあ」

源造は膝に上げた足を下ろし、

「きょうは朝からここへ来た甲斐があったぜ。ま、吝な小悪党がちょろちょろしねえか、こっちはおめえに任しておかあ。だが、さっきの大名家の話、俺が指示を出すまで伏せておくんだぜ」

言いながら腰を上げた。

房なし十手で手の平を打ちながら木戸番小屋を出る源造の背を見送りながら、

「ふーっ」

杢之助はまた大きな息をついた。木戸番小屋で独りになり、

（なんでまたこんな近くで突き富などやりなさる）

いまさらながらに思えてくる。

（それにしても加助なる際物師はいってえ、なんで松つぁんや竹さんに近づこうとしていやがる）

二人の帰りが待ち遠しい。けさ二人は木戸を出るとき、

「――内藤新宿はきょうで打ち止めでえ」

「――あしたはちょいと遠出で千駄ケ谷だ」

と、言っていた。

陽が西の空にかたむき、

（そろそろか）

思っているところへ聞こえてきた。竹五郎の道具箱の音だ。

きょうも荒物はさきほど、いつもより早くかたづけたところだ。

「おぉう、李さん。やっぱり出やがったぜ。俺が商売道具をかたづけにかかり、竹も仕事を終え、俺んところへ戻ってきたときさ。追分坂《おいわけざか》の下よ。蚊遣り香の風呂敷包みを背にしやがってよ」

「ほう。昼のめし屋じゃなくってかい」

きょうは追分坂の坂下でふいごを踏んでいたようだ。なるほど追分坂は内藤新宿の西の端で、トンカンの音は聞こえなかったはずだ。帰り支度で竹五郎もそこにそろったところへ、行商姿の加助が声をかけてきたらしい。

「それがみょうなことを訊きやがってよ」

「みょうな？」

「一人暮らしの浪人さんを知らないかって」

遅れて入ってきた竹五郎が、応えながら松次郎の横に腰を据えた。

「一人暮らしの浪人？」

李之助の脳裡には瞬時、長安寺門前丁の佐橋定之助の顔が浮かんだ。

松次郎と竹五郎は違った。もちろん二人とも、佐橋定之助と面識はある。だが、なじみは薄い。左門町の者にとって、浪人といえば榊原真吾であり、しかも加助のいう一人暮らしだ。

「――あゝ。いなさるよ、一人」

「――えっ。おまえさん方のご町内に？　で、お名前は？」

「――町内じゃねえが、向かいの町だ。さあ、松つぁん。帰《けえ》ろう」

「――おう」

と、加助の問いが富くじのことではなかったので、二人はそれ以上取り合わず、荷馬や大八車の行き交うなかに帰りを急いだという。

ひとしきり話してから湯に行く二人の背を見送り、

（やはり加助とやらが找していのは、佐橋定之助さま）

李之助には思えてきた。加助は松次郎たちに〝一人暮らしの浪人〟とだけ訊き、この半年の内にとまでは言っていなかった。加助はたぶん、独り身の浪人を找すのに手習い処を訪ね無駄足をふむことになろうが、

（ここへも訊ねに来るかもしれんなあ）

思いもする。

だが、

「――放っておきなせえ」

久左は言っていた。

(ここで関われば、逆に騒ぎを呼び込むことになる)

杢之助は肝に銘じた。さいわいあしたから松次郎と竹五郎は千駄ケ谷に商いの場所を変え、しばらくは内藤新宿に足を入れることはない。

もちろんこのことは、陰富とは関わりのないことなので、源造には話さなかった。真吾にも、長安寺門前丁の浪人が〝敵持ち〟かもしれないことは、

(しばらく伏せることにしよう)

話せば真吾のことである。

『武士の情け。捨て置けぬ』

と、内藤新宿に出向いて久左から事情を聞き、助太刀するかもしれない。

そうしたなかに数日が過ぎ、加助らしい者が木戸番小屋に〝独り身の浪人〟を問い合わせに来ることもなかった。

ところが、市ケ谷から伝わってきた噂は、源造に手札を渡している同心どころか、与力一騎に同心三人、六尺棒の捕方十数人が源造の案内で八幡町に乗り込み、一口一朱の陰富を買った者が二十数人も引かれて行ったという目撃譚《もくげきたん》だった。

縄はかけられなかったそうで、奉行所できつくお叱りのうえ解き放されたそうだ。そのなかには常店のあるじや番頭、料亭の女将や茶店の茶汲み女までいたそ

うな。

陰富でこれほどの騒ぎになったのはかつてなかった。

（それがもし左門町だったなら）

想像しただけでも、杢之助には背筋の凍るものであった。

源造が左門町に来てそれを詳しく話したのは、水無月もあと一日で終わるという日であった。あしたは文月《ふづき》（七月）の朔日《ついたち》、ちょうど葉月《はづき》（八月）朔日の八朔まであと一月《ひとつき》となる日だった。

武士でも浪人は町奉行所の扱いで、胴元の四人とつなぎ役の屋台の老爺は、

「百敲《ひゃくたた》きで闕所《けっしょ》のうえ江戸所払いだ」

源造は得意げに語った。闕所とは私財没収のことだ。陰富で得た金銭ももちろんその範囲内となる。

「客のなかには二口も三口も買ったのがいたが、みんな丸損よ。ま、それだけですんでよかった。俺の縄張内から罪人は出したかねえからなあ。屋台の老爺は可哀相だったが、浪人を含む四人はいずれも流れ者だ」

源造は語り、

「永井さまの下屋敷なあ、一応聞き込みだけは入れておいてくんねえ。丸に〝植〟

の字の植木屋なあ、俺の縄張内にゃそんな植木屋はなかった」

と、大名家の一口一両については、なんとも歯切れが悪かった。

「一口一両じゃ、乗る人はそうざらにはいねえ。町角で噂に聞ける範囲でもねえが、ま、気にはとめておかあ」

杢之助は応えた。実際にそうなのだ。

それよりもいまは、

「百両、百両」

と、町は湯屋も髪結床も八朔の富会の噂でもちきりだ。なにしろ一夜明ければあと一月となるのだ。

富会《とみえ》の日の逃亡

一

「どうしよう、どうしよう。あと一月《ひとつき》だよう」

木戸番小屋に桶《おけ》を買いに来た町内のおかみさんが、銭だけ払って桶を忘れて帰ろうとするのを、

「なにを慌てていなさる。忘れ物、忘れ物」

李之助は笑いながら呼びとめた。

このおかみさんも、となり近所と五世帯の割札《わりふだ》で一枚買っている。一月後に入るかもしれない百両を、

(なんに使えばいい)

と、頭の中が一杯なのだ。

このおかみさんだけではない。買った者すべてがそうで、

「――なあ、みんなしてこの長屋を買い取って、二階建てに建て替えようかい」

「――家など燃えれば終わりさね。それよりなにか商いの元手に。ゴホン」

と、けさも長屋の喧騒のなかに、松次郎が釣瓶で水を汲みながら言うと、左官屋の女房が団扇《うちわ》で七厘をあおぎながら言っていた。きょうの火熾《ひおこ》し当番は左官屋の女房だったが、団扇の破れがかなり目立ちはじめている。

(儂《わし》も、どこかの割札にぶらさがればよかったかなあ)

と、杢之助まで思いはじめている。

午前《ひるまえ》だった。

「えー、ご免くださいやし」

開けたままの腰高障子から、顔だけ三和土《たたき》に入れた男がいた。四十がらみで着物を尻端折《しりはしより》に風呂敷包みを背負っている。

杢之助は直感した。

(加助!)

竹五郎が言っていたように悪人面《づら》ではない。むしろ表情に誠実さを感じる。

「なんでやしょう。道をお尋ねなら、ご遠慮のう」

李之助はすり切れ畳に胡坐《あぐら》を組んだまま、鄭重に迎えた。

「へえ。この近くにお住いのご浪人さんは、お向かいの麦ヤ横丁の榊原さまだけでございましょうか」

遠慮深そうに、足を敷居の外に置いたまま問いだけ入れた。

間違いない。加助だ。竹五郎から聞いた〝向かいの町の浪人〟を訪ね、〝ここ半年の内に越して来た〟条件に合わず、他に浪人はいないか、左門町の木戸番小屋に足を運んだのだろう。

李之助は逆に問い返した。

「あゝ、あの手習い処の。へえ、榊原さまとおっしゃいますが。別のご浪人さんをお尋ねで？　それで、どのようなご浪人さん？」

加助は〝ここ半年の内に〟と、その条件は語ったが、

「名は、その、本名を名乗っておいでかどうか判らないもので……へえ。そのう、三十がらみのお人で」

と、歯切れが悪い。

奇妙だ。もし敵討ちなら堂々と語るはずだ。それに久左の話では、加助は若い武士とその姉の下僕だということらしいが、松次郎や竹五郎に近づくなど、動い

ているのは加助一人で、主筋《しゅすじ》である武家の姉弟《きょうだい》がまったく見えてこない。

「行商人さん。それだけじゃいくら町の木戸番人でも分かりやせんやね。少なくともこの左門町にゃ、半年の内どころか、ご浪人は何年も前から一人も住んでおいでじゃありやせんが」

嘘は言っていない。佐橋定之助が〝ここ半年の内に〟越してきた三十がらみの侍だが、左門町ではなく長安寺門前丁だ。

話しているとき、

(ん?)

杢之助は秘かに首をかしげた。

加助と腰高障子のすき間から、百日髷の佐橋定之助がちらと見えたのだ。その瞬間の佐橋の挙動を、杢之助は見逃さなかった。

木戸を出ようとしていたのか木戸番小屋に来ようとしていたのか、それは分からない。ただ、佐橋は木戸番小屋のほうへ視線を向け、ハッとしたようすですぐさまきびすを返し、見えなくなった。明らかに、会ってはならない者を見つけ、隠れるように引き返した仕草だった。

加助は身を番小屋の中に向けているから、通りのようすは見えない。

李之助はなにくわぬ顔で話をつづけた。

「名も分からねえじゃ、儂にしちゃあまるで雲をつかむようなもんでさあ」

「さようでございますか。それじゃこれで、おじゃまいたしました」

「待ちなせえ」

「へえ、なんでございましょう」

腰高障子から離れようとしたのを李之助は呼びとめ、加助は身を元に戻した。知らず李之助は、加助から逃れようとしたのであろう佐橋定之助のために、時間稼ぎをしている。佐橋はすでにいずれかへ身を隠したであろうが、首を伸ばしてそれを確認するわけにもいかない。

「おまえさん、名はなんといいなさる。それに商いの品は？」

「へえ。加助と申しまして、いまは蚊遣り香を扱っておりますが」

「いまはって、時節ごとの際物《きわもの》扱いの行商さんで？　それで人を找《さが》しながら？」

「まあ、そのようなもので。へえ、それでは」

加助は木戸番小屋の前を離れた。左門町の通りへ進むのではなく、木戸から街道へ出るのを櫺子窓《れんじまど》から確認してホッとする自分に気づき、

（あのお人）

胸中に思った。加助である。

松次郎と竹五郎は、加助の近づいてきたさまが唐突で、しかもしつこかったせいか悪い印象を持ったようだが、杢之助には、

(なにやらを隠しているような、それも、おのれのことではなく主筋のために)

思えてきた。

それだけではない。久左のところで若い衆の与市が〝中間《ちゅうげん》〟と言ったように、(行商人姿でなく、紺看板《こんかんばん》に梵天帯《ぼんてんおび》の奴姿《やっこすがた》になれば、忠義の中間)

加助の印象から、そうも思われてくる。

開け放した腰高障子にまた人影が立った。

なんと百日髷の佐橋定之助だった。

「やあ、木戸番さん。水桶の柄杓《ひしゃく》をつい踏みつぶしてしもうてのう」

と、三和土に入ってきた。

「へえ、柄杓でございやすか。これを」

杢之助はドキリとしたのを抑え、胡坐の腰を浮かせ柄杓を差し出した。

佐橋は受け取り、巾着をふところから出しながら、

「さっき、人が来ていたようだが、行商人かのう」

「へえ。蚊遣り香を商っているようで」

「ほう。高価なものを。ここに？」

木戸番小屋に蚊遣り香など似合わない。きわめて自然に佐橋は突いてきた。

「いえ、それを商いながら人を找しておいでのようで。浪人さんというので、向かいの麦ヤ横丁の榊原さまを教えてやりやしたが。そこへ行ってみるとか」

まったくの嘘ではないから、すらりと杢之助は舌頭《ぜっとう》に乗せることができた。

「ほう。あの手習い処のお人か。会ったことはないが、ずいぶんと腕が立ち、評判のいいお人のようだのう」

言う佐橋の表情には、安堵の色が感じられた。

それ以上を探ることもなく、

「じゃましたのう」

佐橋は柄杓を手に木戸番小屋を出た。

杢之助は確信した。

(佐橋さまは加助を知っており、加助はこのお方を找している)

だが、

(いったいなぜ)

分からない。

ただ予測できるのは、佐橋と加助が左門町の通りで出会ったなら、

(一騒動が起こりそうな)

二

李之助がふたたび佐橋の姿を見かけたのは、文月(七月)に入り十日ばかりを経てからだった。

午過《ひるす》ぎだ。李之助はすり切れ畳に胡坐《あぐら》を組み、開け放した腰高障子から左門町の通りを見ていた。

(どこのお武家? ん、永井家)

李之助は心中につぶやき、腰を浮かせた。

お武家といっても刀は二本だが袴《はかま》は着《つ》けず、膝までの着物で足には脚絆《きゃはん》を巻き、木綿《もめん》の長羽織《ながばおり》を着けている。足軽だ。それだけでは新庄藩永井家の者とは分からない。挟箱《はさみばこ》を担いだ中間が一人、それに手拭を吉原かぶりにした町人が一人ついている。その中間の担いでいる挟箱に家紋が打ってある。太い〝一〟の文字の

下に黒丸が三角のかたちに描かれている。一文字に三ツ星……新庄藩永井家の家紋である。

もとより杢之助は、大藩はともかく一万石あたりの小大名家の家紋などいちいち知っているわけではない。一口一両の噂が出たとき、真吾から聞いたのだ。

それにしても奇妙な組合せの一群だ。しかも吉原かぶりの町人は、遊び人にも行商人にも見える風情で、

「おっ、あれは！」

杢之助は腰を浮かせたまま、目を瞠《みは》った。一群が木戸番小屋の前を通り、木戸を街道に出た。吉原かぶりの町人が手にしているのは、かわら版ではないか。

下駄をつっかけ、杢之助は外に出た。

そのときだった。

「うっ」

うめいた。左門町の通りを木戸番小屋のほうへ歩いて来る浪人がいる。佐橋定之助だ。笠をかぶって顔を隠しているが、年恰好から佐橋と分かる。

佐橋は木戸番小屋から杢之助が出てきたのは、正面だから当然目に入ったはずだ。だが杢之助がそのほうへ目をやったのは瞬時で、すぐ木戸のほうへ向かった

から、佐橋は李之助が自分に気づいたとは思っていないだろう。

李之助は奇妙な足軽の一群を追った。

一群は街道を横切り、麦ヤ横丁に入った。

もし、佐橋が左門町の通りにいなかったなら、李之助も街道を横切り、一群を尾《つ》けていただろう。李之助の脳裡には、際物師やかわら版屋がよく陰富《かげとみ》の胴元をやるものだと言った源造の言葉がある。際物師の形《なり》を扮《こしら》えている加助が陰富と関わりのないことははっきりしたが、いまかわら版屋らしい町人が、一口一両の永井屋敷の者と一群を組んでいる。

そのこともさりながら、

(佐橋さまは、その一群を尾《つ》けているのではないか)

李之助の脳裡を走った。

木戸を出ると一群の入った麦ヤ横丁を横目に、清次の居酒屋の縁台に陣取った。

「あら、李さん」

と、おミネの顔が暖簾《のれん》からのぞいた。店の中に客は入っているが、縁台にはいなかった。

「ふむ」

杢之助は短いうなずきを返し、視線を街道に向けている。

木戸から佐橋が出てきた。

小走りになっている。左門町の通りなら、人通りはさほど多くはなく、半丁（およそ五十米《メートル》）ほど離れていても見失うことはない。だが街道には人通りだけでなく荷馬に大八車に町駕籠が行き交っている。五間（およそ九米）も離れれば見失う。

木戸から佐橋が走り出てきた。杢之助の寄った右手の居酒屋には見向きもせず、

「おっとっと」

町駕籠や荷馬を避けながら街道を横切り、麦ヤ横丁の枝道に走り込んだ。

明らかに佐橋は永井家の一群を尾けている。

（なぜだ）

そこが分からないのだ。

（おミネさんに佐橋さまのあとを尾けてもらおう）

瞬時、思った。

できない。

松次郎や竹五郎たちばかりでなく、おミネまでおのれが静かに生きるための、

（駒のように動かすなど）

李之助の心情から、絶対にできるものではない。

「あゝ、おミネさん。ちょいとね、気晴らしさ」

応えた。おミネは、街道を急ぎ横切った佐橋に気づかなかったようだ。

「あら、そう。だったらお茶、持ってきますね」

暖簾から首を引き、すぐに出てきた。もちろん李之助から、一杯三文のお代を取ったりはしない。

出されたお茶を手に、

「きょうも街道、いつもと変わりないなあ」

つぶやき、ぐいと喉を湿らせた。

「そうですねえ。でも、もうすぐ。期待していてくださいね、李さん」

やはりおミネも、念頭にあるのは福寿院の富会の日だ。

しかし、気になる。

答えの一端は夕刻に出た。松次郎と竹五郎だ。

麦ヤ横丁の通りは左門町と似ており、南と北の違いだけだ。麦ヤ横丁を北へ抜けると、突き当りは寺町になっており、その周囲にも大名家の下屋敷や中屋敷がある。だから麦ヤ横丁の町場を過ぎると人通りは極端に少なくなる。松次郎と竹五郎はその一帯をながしていた。こうした土地《ところ》では羅宇屋の竹五郎はもとより、松次郎も屋敷の裏庭に入り、そこでふいごを踏む。大きな屋敷ならそこだけで一日仕事になることがある。

ある大名屋敷に入っていたときだった。挟箱を中間に担がせた足軽二人と、かわら版屋の一群がそこに現われたのだ。

こうした連中は、静かな往還で通りかかった中間や女中、二本差しの用人、お寺の寺男などに、そっと近づき、

「――お話だよ、いい話」

と、ささやきかけ、かわら版をただで渡す。見ると富くじの褒美金が記されている。興行主が公表し、貼り出したのとおなじ内容だ。しかしその下に小さく〝一口一両八倍返し、組はお構いなし〞と書き込まれている。見た者にはひと目でそれが陰富の勧誘だと判る。

だが、胴元の名は記されていない。そのために足軽や中間がついているのだ。足軽が一緒だと胴元は武家だと分かり、中間の担いだ挟箱の家紋を見れば、いずれの屋敷かも判る。そこで〝信用〞が固まることになる。

武家が、町人と一緒に浮かれて富くじを買うのは憚《はばか》られる。お寺なら同業が興行主なのだからなおさら買いにくい。そこでつい、胴元さえ信用できれば陰富に手を出すことになる。

かわら版を手渡された中間や女中、寺男らはそれを屋敷や寺の庫裡《くり》に持ち帰り、武家屋敷なら留守居役に、お寺なら納所《なっしょ》にそっと見せる。これも忠義の一つだ。かわら版屋はそれを手渡した屋敷やお寺をしっかりと覚えておき、数日後にまた出かけて裏の勝手口から、

「――先日のお話、いい話でしょう」

と、そっと声を入れる。源造が市ケ谷で挙げた一口一朱よりずいぶん手が込んでいるが、これなら町方に嗅ぎつけられることはない。町場でも、それ相応の大店にしか声を入れない。いずれもご法度を承知のうえだから、口は堅い。隠密廻り同心でも、現場を見ない限り、聞き込みで押さえることは不可能だ。

それに、こうした手順を踏んだ陰富なら、一口だけということはあり得ない。三口か四口、あるいは十口近くも買う屋敷や寺もある。数を買い、一枚当たれば元は取れるという発想だろうか。

「来やがったぜ。ありゃあ確かに桁《けた》の大きいほうの陰富だぜ」

「そう。屋敷の用人さんに訊くと照れ笑いしていたから、間違いないよ」

松次郎と竹五郎は木戸番小屋で話した。二人とも一膳飯屋のかみさんが話した、一口一両の件は聞いており、売り方の手口も知っている。入った屋敷で、そういう陰富が出ていないか、そっと訊かれることもあるのだ。

「その話、源造さんにも知らせておこうか」

「おっと。それはいいが、俺たちから聞いたなんざ言わねえでもらいてえぜ。胴元のあいつらが、どこの者かも知らねえし」

「そう。それがお得意のお屋敷にばれたら、俺たちが出入り禁止になっちまわあ」

松次郎と竹五郎は口をそろえた。

二人とも、中間が担いだ挟箱の家紋までは注意して見ていなかったようだ。

「そうだなあ。話すときは、そこんとこを源造さんにはちゃんと含んでおくよ」

杢之助は応えた。

二人の話はそこまでで、佐橋定之助が話題に出ることはなかった。ずっと武家屋敷の裏庭にいたためか、その姿は見なかったのだろう。

それからしばらく、源造は忙しいのか左門町に来ることはなかった。

数日が過ぎ、文月は半《なか》ばに入っている。富会の日まで、あと半月だ。

「おう、バンモク。いるかい」

源造が木戸番小屋の敷居をまたいだ。

「丸に〝植〟の字の植木屋なあ、赤坂のほうの植木屋だったぜ」

言いながら源造は手で荒物を無造作に押しのけ、腰を投げ下ろした。

「向こうの同業が調べてくれたのよ。三日ほど泊まりがけで大名家に入っていたらしい。おめえの話と一致していたぜ。新庄藩永井家の下屋敷だ」

「八丁堀に話したかい」

「もちろんだ。それが隠密廻りの旦那方に伝わったかどうかは知らねえが」

その後、隠密廻りらしいのは来ていない。おそらく新庄藩永井家の話は隠密廻り同心には伝わっておらず、一口一両の陰富に乗れるような大店に目串《めぐし》を刺し、聞き込みを入れているのだろう。左門町の通りには、それに見合うような大店はない。

「ふふふ、源造さん」

「なんでえ、気色悪い」

「儂、見たぜ」

杢之助は足軽、中間、かわら版屋の四人連れが左門町の木戸を出て麦ヤ横丁に入って行った話をした。もちろん、挟箱の家紋が一文字に三ツ星だったことを話し、それを松次郎と竹五郎が武家屋敷の勝手口で見かけたことは伏せた。だが、それだけで源造は、

「ほう、なるほど。麦ヤの奥はお寺や大名家の白壁じゃねえか。あのあたりに、ふざけたかわら版を撒いていやがるな」

解し、

「その話も一応、定町廻りの旦那に話しておかあ。だがよ、どっちも寺社奉行に大目付の管掌地だ。お奉行がどう判断なさるか、まあ俺たちの手が出せる土地《ところ》じゃねえ」

このときばかりは太い眉毛を八の字に曲げ、

「それはともかくだ」

上体を杢之助のほうへかたむけた。きょうの本題に入ったようだ。

「ふむ」

と、杢之助も聞く姿勢をとった。

「奉行所じゃこの四ツ谷と市ケ谷、それに赤坂と牛込《うしごめ》の四カ所だけになあ、正規

の見廻りを入れなさる」

「えっ」

思わず杢之助は声を上げた。

「あはは、そう重く考えるねえ」

源造の眉毛がふたたび動きはじめた。

正規の見廻りとは、同心が一人でふらりと町場を微行《びこう》するのではなく、六尺棒を小脇にした捕方数名と挟箱を担いだ小者を随《したが》え、町々の自身番を、

『なにか変わったことはないか。住人よりの公事《くじ》は出ておらぬか』

と、巡回し、町役《ちょうやく》たちから町々の状況を聞くことである。

常に奉行所の目が光っている。それを町場の住人に見せる。効果はある。とくに今回の定町廻りが四ツ谷を中心にその周辺の市ケ谷、牛込、赤坂のみというのは、明らかに福寿院の富くじ興行を睨んでのものであることが分かる。陰富が最も多く出まわるのは、富会の日が近づき正規の富札が売り切れたころだ。現在《いま》がその時期なのだ。

巡回は町内すべての自身番だが、街道筋で左門町の近辺に自身番はなく、また左門町の自身番は忍原横丁の自身番が兼ね、裏手の寺町との境の往還にあって街

道から離れている。そのため毎回だが、定町廻りの一行は忍原横丁の自身番に立ち寄ったあと、南手から左門町の通りに入り、木戸番小屋に声を入れてから街道を横切り麦ヤ横丁へ入る。

いつもならそこは木戸番小屋でもあり、同心が外から腰高障子に向かって声をかけるだけだが、果たして今回はどうなるか。もし源造が新庄藩永井家の一口一両の陰富勧誘の一群が、左門町から麦ヤ横丁へ入ったことを話していたなら。さらにそれを源造に話したのが、

「――この木戸番小屋の番人でございます」

と、説明していたならどうなる。同心は声だけで素通りすることはあるまい。中に入り、木戸番人から詳しく状況を訊くことになるだろう。

定町廻りのとき、一行の先頭に立って同心の案内役となるのが町々の岡っ引であり、岡っ引にとってそれは縄張内《しまうち》の住人に、自分と同心との結びつきを見せつけるための晴れ舞台でもあるのだ。

「定町廻り、いつだい」

杢之助は平静をよそおい、問いを入れた。

「きょうからだ」

「えっ！」

「そう驚くねえ。重点は福寿院の伊賀町や俺の御簞笥町でよ。ここの左門町も忍原も麦ヤもその範囲だが、まずは赤坂と牛込で、俺の縄張の外だ。まわり方としては効率は悪いが、まあ仕方ねえ。そういうことで、ここは五日後くらいになるかなあ」

「ふーっ」

杢之助は息をついた。

「ここの番がきたときにゃ、義助か利吉を走らせて知らせてやらあ。どこの自身番も町役や書役《かきやく》など人数がそろっているが、ここはおめえ一人だ。同心の旦那が六尺棒を幾人も引き連れてまわっているのに、番小屋に誰もいねえじゃ俺の立つ瀬がなくならあ。ま、きょうはそれを告げに来たのよ」

源造は十手で手の平をピシャリと打ち、腰を上げた。

佐橋定之助の話は伏せた。背景の分からないまま話せば、かえって揉め事がおもてになりそうな気がしたのだ。なにしろ敵討ちが絡んでいそうなのだ。できれば、左門町の近くで騒ぎは起こしてもらいたくない。

昼の時分どきであったせいか、けたたましい下駄の音を聞くことはなかった。

だが、杢之助のほうからつなぎを入れた。

時分どきが過ぎると、一膳飯屋のかみさんは、

「なんだって！　また源造さんが来ていたって？　で、なになになに」

勇み立っている。

「陰富の探索でねえ」

と、近く同心の定町廻りがあることを話した。

「わっ、大変。この前の植木屋さん、あのあと来てないけど大丈夫かなあ。小口のをやっている人もいるかしれないし、みんなに教えてやらなきゃあ。大変、大変」

かみさん急ぐように駈け出して行った。

いまのところ左門町にも忍原横丁や麦ヤ横丁にも、小口の陰富の話は聞かない。

（あとしばらくだ。おかみさん、頼むぜ）

下駄の音を響かせる一膳飯屋のかみさんの背に、杢之助は念じた。

三

何事もなく、数日が過ぎた。

その間に二度ほど、一文字に三ツ星の挟箱が左門町の木戸を出るのを見かけた。顔ぶれはいつもおなじだった。しかも、いずれのときも大小を帯び笠で顔を隠した佐橋定之助があとを尾けていた。

杢之助はそれをまた尾けようとしたが、いつ義助か利吉が、

『木戸番さん！　きょう、これからだっ』

と、木戸番小屋に飛び込んでくるか分からない。番小屋を留守にはできない。八朔《はっさく》の富会まであと十日という日だった。木戸番小屋に荒物を買いに来る住人で、富くじの話をしない者はいない。自分が買っていなくても、

「誰だろう、当たるのは」

と、興行主がすぐ近くであれば、当たりが知っている人になるかもしれない。

陽が昇り、

「きょうは市ケ谷のほうでぇ」

と、松次郎と竹五郎が仕事に出かけ、おミネも茶汲みに出てからすぐだった。来た。義助だ。

「木戸番さーん。きょうだっ」

と、木戸番小屋に飛び込んだ。

「源造親分はもうお奉行所の旦那についていなさる。道順は忍原の自身番をまわってからここの木戸番小屋の前を通り、麦ヤ横丁へ。時刻は午《ひる》をいくらか過ぎたころになるって」

三和土に立ったまま告げるとくるりときびすを返し、左門町の木戸を走り出た。

清次が来て、すり切れ畳に腰を下ろした。

「きょうですかい。杢之助さんは、あくまでこの町の番太郎です。その気持ちで座っておれば、どんな目利《めき》きであろうと……」

「ふふふ、清次よ。利いた風な口をたたくじゃねえか。それができればよう、苦労はしねえぜ」

「へえ」

言った清次も真剣な表情だった。

けたたましい下駄の音だ。

「そら、来なすった」

　杢之助が言い終わらないうちに、

「さっき、源造さんとこの義助さん、来てたよねえ」

　一膳飯屋のかみさんが、開け放したままの腰高障子のあいだを埋めた。

「あゝ、そうらしいよ。午過ぎになるって」

　清次が応えたのへ、

「それじゃ清次旦那。同心の旦那がここへ入《へえ》りなすったら、おミネさんか志乃さんにお茶をよろしゅうお願いいたしやす」

「あゝ、いいですよ」

　杢之助が言ったのへ清次は返し、腰を上げた。

「えっ、きょう午過ぎ。大変だあ。みんなに知らせなくっちゃ」

　なにが大変なのか分からないが、かみさんは体に反動をつけてふり返り、下駄の音をまた通りに響かせた。

　杢之助は木戸番小屋に独りになり、大きく息をついた。

　すでに御簞笥町と伊賀町をまわり、忍原横丁に向かっていようか。義助の言った午をいくらか過ぎたころになっている。同心は各自身番で町役たちへ陰富の有無《うむ》を丹念に質《ただ》し、源造の立てた予定をかなり過ぎていた。だが一行が左門町に入《う》るのは、もうすぐだ。

一膳飯屋もおもての居酒屋も、昼の書き入れ時がそろそろ終わりに近づいていた。杢之助はすり切れ畳に胡坐を組み待ち構えている。

突然だった。おもてから騒ぎが聞こえてきた。

「なんなんだ！」

杢之助は飛び出た。

おミネが街道を横切り、麦ヤ横丁へ駈け込むのが見えた。

「ぎぇー」

人足風の男が清次の居酒屋から転がり出るのと同時に、

——ガシャン

樽椅子が飛んできた。

「きゃーっ」

「どうした、どうした！」

人通りの多い街道だ。たちまち野次馬が集まった。

「まずい！」

李之助は店に飛び込んだ。

顔見知りの大八車の荷運び人足数人と馬子《まご》数人の乱闘だった。すでに飯台がひっくり返され、皿や椀が飛び散り、志乃は壁際へ棒立ちになり、なす術《すべ》もない。

「よしなせえっ」

清次が中に割って入り、双方から二、三発殴られている。

喧嘩は三対三のようだ。とっさに李之助は腰を落とした。だが、動きをとめた。清次も殴られたままになるような男ではない。李之助が必殺の足技をくり出し、清次が素早い身のこなしを披露すれば、荷運び人足や馬子たちがいかに荒くれでも、瞬時に鎮《しず》めることはできる。だが店にはほかの客もおり、暖簾からは野次馬の顔が幾つものぞいている。

しょぼくれた木戸番人と居酒屋のあるじが、周囲の思いもかけない必殺技を披露することなどできない。

しかし、この騒ぎを定町廻りに見られたらどうなる。同心と源造、六尺棒の捕方たちが駆け寄り、一斉に人足たちへ飛びかかり、たちまち縄をかけ、すぐ裏手の木戸番小屋が尋問の場となり、李之助はそこにつき合わねばならなくなる。

「むむむっ」

焦り、戸惑っている杢之助に、

「うわっ」

荷運び人足に投げ飛ばされた馬子がぶつかってきた。杢之助はその場に尻餅をついた。

「杢さん！　大丈夫⁉」

志乃が駈け寄った。

「野郎！」

「てめえらあっ」

なおも皿の割れる音に人足たちの怒声はつづいている。

おもてがざわついた。杢之助は尻餅をついたままハッとした。

（捕方！）

瞬時、思ったのだ。

「おぉ、もう大丈夫だ」

野次馬から声が聞こえた。

刀を手に着物を尻端折に、暖簾から飛び込んできたのは真吾だった。

「やめい！　やめんか！」

声と同時に馬子が一人、腰に峰打ちを受けてその場に崩れ込み、さらに荷運び人足が腰の三尺帯を斬られ、

「うぐっ」

「ひーっ」

その場に棒立ちとなった。

他の荒くれどもも手習い処の師匠が来たことに、たちまちおとなしくなった。

杢之助は起き上がり、

「榊原さま、ありがとうございやす。清次旦那、儂はすぐ番小屋へっ。ここの痕《こん》跡《せき》を、よろしゅう。はい、ご免なさんして、ご免なさんして」

暖簾の外の野次馬をかき分け、腰をさすりながら木戸番小屋に戻った。

杢之助は〝後始末を〟ではなく〝痕跡を〟と言った。

と、野次馬のなかに左門町の住人がいた。

「あっ、そうだ」

「きょうは定町廻りが来なさる。午過ぎ、もうすぐだ」

「ぇぇえ！」

と、これには殴り合いをしていた荒くれどもも驚き、

「すまねえっ、清次旦那！」

喧嘩の原因はどこへやら仲良くあとかたづけにかかり、

「大変、大変」

と、左門町の住人も幾人か加わった。

一膳飯屋のかみさんの功績だ。さきほど左門町の通りに、きょう定町廻りの来ることを触れてまわっていたのだ。

「さあ、早く」

志乃も、遅れて駈け戻ったおミネも手拭を姐さんかぶりにし、真吾は、

「さあ、皆さん。喧嘩はもう終わりましたぞ。元にお戻りくださいまし」

と、暖簾の外の野次馬たちを散らした。

このとき定町廻りの一行は忍原横丁の自身番を出て、

「さあ、つぎは左門町でございやす」

源造の案内で、寺町との境の往還を左門町のほうへ向かったところだった。

「おー、痛え」

杢之助は腰をさすりながらすり切れ畳に這《は》い上がり、さっき慌てて蹴散らした桶や柄杓をならべなおし、

（なんだったんだ。酒も入《へえ》っていねえこんなときに、喧嘩の原因は）

思いながら胡坐居《あぐらい》になり、半分開けた腰高障子から視線をおもてに投げた。さいわい騒ぎは短く、左門町の通りから大勢が詰めかけるほどにはなっていなかった。

一行は裏手の木戸から左門町の通りに入った。

そこにある木戸番小屋を住人は〃裏の木戸〃と呼び、いかにも〃番太〃といった年寄りが一人、朝晩に木戸の開け閉めをするだけで子供相手の駄菓子を商っており、火の用心にはすべて杢之助がまわっている。

「ここの番小屋は爺《じじ》いが一人、どてっと座っているだけで、波風の立ったことはありやせん」

源造は語り、ふところから十手の朱房を見せている同心も、

「ふむ」

うなずいただけで素通りした。木戸の外側はお寺の白壁で、見るからに平穏な雰囲気だ。

一行は案内の源造と同心を先頭に、六尺棒に鉢巻、たすき掛けの捕方が十人ばかりつながり、そのうしろに挟箱持の小者が二人随っている。いつもの定町廻りの倍の人数だ。福寿院の富会まであと十日といったせいだろう。そのあとに義助と利吉がつづいている。この二人が定町廻りに加わるのは初めてで、いわば源造の縄張内での下っ引お披露目といったところか。

「へい、ここの左門町の通りは、さっきのお岩稲荷のある忍原横丁とは異なり、ただの通り抜けで見るべき物もなければ、波風の立ったこともこざんせん」

「ふむ。よくやっているようだのう」

源造の説明に同心はうなずき、一行は左右を睥睨《へいげい》するかのように、ゆっくりと歩を進めている。通りを行く住人や行商人らは左右に道を開け、

「ご苦労さんにございます」

「お世話になっております」

と、軽く辞儀をしている。

そのたびに源造は眉毛をひくひくと動かし、

「おう、おう」

と、得意気に返す。なにしろこたびは十手を持っているのだ。

一膳飯屋の前だ。戸のすき間からかみさんが恐いものでも見るように、そっと外をうかがっている。いましがた入った行商人の客から、街道の居酒屋でひと騒動あったことを聞かされたのだ。客と小声で交わしている。

「大丈夫なんだろうねえ」

「そりゃあ、ほれ、麦ヤの手習い処の」

「来なさったか」

かみさんは胸を撫でおろした。

通り過ぎた。

一行は杢之助の視界に入った。

街道の〝痕跡〟消しのようすを気にしながら、

（さあ、おいでなせえ）

胸中につぶやき、清次が朝がた言ったように、

（儂は木戸の番太郎）

心に念じた。

腰高障子は開けていても、外からは部屋の中が薄暗く、人のいるのが見分けられる程度で顔までは見えない。

近づく。六尺棒の捕方が十人もつながっている。同心が着ながしご免に黒羽織で雪駄《せった》を履いているから平時の定町廻りと分かるが、これで手甲脚絆に鉢巻、たすき掛けなら、まったくの打込みの一群だ。杢之助には思っただけでも、

（くわばら、くわばら）

胡坐のまま、背筋をぶるると震わせた。

来た。

源造と同心が半開きの腰高障子に視線を向けている。ゆっくりと歩を取り、源造がなにか言っているが聞こえない。同心がうなずいたようだ。

一同の足がとまり、同心の声だ。

「おおう、木戸番」

「へーえ」

「変わったことはないか」

「へぇぇい、ござんせーん」

「ようし」

同心がうなずきの声を木戸番小屋に返し、源造が腰を折り、

「さあ、こんどは向こうで」

と、言っているのだろう。手で木戸のほうを示した。

同心はうなずき、一行は動いた。一番うしろの義助が、腰高障子のほうへ軽く手を上げ、杢之助も手で応じた。

「ふーっ」

全身の力の抜けるのを感じた。

源造は新庄藩永井家の一口一両を同心に話したろうが、左門町の木戸番人からの知らせとは言っていないようだ。ありがたい。

だが、まだ安心できない。

(清次の居酒屋)

である。一行が軒端の縁台にちょいと座ってお茶を飲む。考えられないことではない。〝痕跡〟は消していても、定町廻りは〝変わったことはないか〟とまわっているのだ。往来の者が話さないとも限らない。

(見に行こうか)

杢之助は腰を浮かせたが、すぐ元に戻した。座っていたなら、鉢合わせになる。

街道のほうからの足音だった。

「杢さん、笊《ざる》を一枚」

麦ヤ横丁のおかみさんだ。

「さっきさあ、おミネさんが血相変えて手習い処へ走りなさって。聞けば清次旦那のお店で人足たちが大喧嘩っていうから」

「あゝ、儂も見に行ったよ」

「あら、わたしも」

あの野次馬のなかにいたようだ。

「さすが麦ヤ《うち》のお師匠だよねえ」

町の自慢のように言うおかみさんに、

「出会わなかったかい、源造親分さあ」

「会った、会った。これも驚いたよ。間一髪ってこのことだろうねえ。わたしが街道へ出ようとすると、向かいのこちらからぞろぞろと」

「そのまま麦ヤへ？」

「あゝ、道を開けてやったさ。あの人足さんたち、お役人の前で樽椅子ふり上げていたら、いまごろこの一帯で大捕物さね」

どうやら〝痕跡〟は完全に消していたようだ。

麦ヤ横丁のかみさんが帰ってからすぐだった。昼の書き入れ時に一段落ついた

か、

「いやあ、はらはらしましたよ」

清次がすり切れ畳に腰を下ろした。おもての居酒屋に一段落つけば、一膳飯屋のほうもおなじである。下駄の音が響いた。

「ねえねえ、さっき。あっ、清次旦那！」

かみさんは珍しいものでも見たような声を上げ、

「なんだったのさ。旦那のお店で斬った張ったの大喧嘩とか。聞いてわたしゃ肝をつぶしたよ。喧嘩の原因さ、なんだったの」

三和土に立ったまま早口で言う。

それを清次は話しに来たのだ。

杢之助と一膳飯屋のかみさんを交互に見ながら話した。大八車の荷運び人足と馬子が三人ずつとなり合わせの飯台に座を取り、双方は仲良く話していたらしい。話題はもちろん福寿院の富くじだった。話の内容から、双方ともそれぞれに割札で買っているようだった。誰が一番くじを当てるかが話題になり、

「――そりゃあ俺たちに決まってらあ。おめえらなんざ、せいぜい当たって元返しが関の山だ」

「――なに言ってやがる。百両は俺たちのもんよ。おめえら印違合番《しるしちがいあいばん》のおこぼれでも頂戴して喜んでいやがれ」

「――なんだと、俺たちがおめえらのおこぼれ頂戴だと！」

と、そこにお茶の入っている湯飲みが飛び、

「――なんでえっ」

と、小皿の応酬があり、

「双方一斉に樽椅子を蹴って立ち上がりましてねえ」

「あらーっ、分かる、分かる。そりゃあ誰だって百両、他人《ひと》に渡したくないもの」

「これこれ、おかみさん。あんたまでそんなこと言っちゃ困りますよ。私なんか止めに入って二、三発、殴られたのだから」

「わっ。それは大変。どこ？　痛かったでしょう」

かみさんは身をかがめるようにして清次に顔を近づけた。ほんとうに心配している顔つきだった。

傷跡はないが右目の上がすこし腫れている。清次はすり切れ畳に腰を据えたまま身を引き、

「あと十日、おかみさんのところも気をつけなさいよ」

「そう、そうですよねえ」

一膳飯屋のかみさんは言ったものの、聞いている杢之助は苦笑した。このかみさんなら、自分も話に割って入り、店の飯台でもひっくり返しそうだ。ともかく、喧嘩を止めたのは真吾だが、すぐさま〝痕跡〟隠しに周囲が合力した功労者は、間接的にだが一膳飯屋のかみさんなのだ。当人はそんなことに気づいていないだろうが、杢之助は認めていた。

夕刻、古着の行商人が清次の居酒屋に入り、軽く一杯引っかけながら志乃とおミネに昼間の騒ぎの原因を訊いた。いずれかで人足たちの喧嘩があったことを聞き込んだのだろう。一度木戸番小屋にも来た隠密廻り同心だ。

清次は調理場から見ていたが、おミネが詳しく話すと、

「その気持ち、分かりますさあ」

と、隠密廻りは笑いだし、それ以上なにも訊かなかった。

木戸番小屋には来なかった。どうやら杢之助はどの町にもいる番太郎の一人と看做《みな》されているようだ。

清次からそれを聞いたとき、

「昼間の定町廻りの素通りといい、ありがたいことだ」

李之助は、あらためて安堵の息をついた。

四

富会まで十日だったのが、あと五日になり三日となり、福寿院のある伊賀町や御箪笥町はいうに及ばず、忍原横丁も麦ヤ横丁も左門町も、それに塩町も住人がなにやらそわそわと落ち着きを失いはじめた。

さいわい、誰に一番くじが当たるかで殴り合いの喧嘩は起こらなかった。それもそのはずで、諸人《もろびと》の口に出るのは、

「もう、わたしゃ元返しでもいいから当たって欲しいよう」

「そうそう。印違合番でも当たれば、もう御《おん》の字だわさ」

と、言う者も言われる者も思いは一つになっているのだ。

源造も義助と利吉を引き連れ、見まわりに余念がなかった。さいわい先の定町廻りの道案内で、十手を預かっていることと下っ引二人を随えていることは、縄張内で存分に披露できた。そこで三人がつながって見まわりをすれば、それなりに効果は期待できる。

「福寿院の富会は八朔の日だ。陰富なんざやりやがったらお上が黙っちゃいねえぞ」

見まわりというより、威嚇するようにまわっているのだ。

確かに効き目はあった。松次郎も竹五郎も、陰富の噂は市ケ谷での捕物以来、耳にすることはなかった。なにしろ、これまでになく厳罰なのだ。あるいは、胴元たちは闇にかくれ、おもてに出ないように気をつけているのかもしれないが……。

富会があと二日という午過ぎだった。

「えー、ご免くださいやし」

と、左門町の木戸番小屋に顔を入れたのは、久左一家の与市だった。

「おぉう、これは与市どんじゃねえか。あっ、なにかありやしたかい、加助とかいうお人に変わったことが」

言いながら杢之助はすり切れ畳の上の荒物を手で押しのけ、与市の腰を下ろす場をつくった。人の噂が富会一色になっているなか、杢之助はずっと新庄藩永井家の陰富売り四人を尾ける佐橋定之助と、その佐橋を找す加助が気になっていたのだ。

「へえ、きょうは加助さんのことじゃなく、もちろんそれもありやすが、ちょいと気になることがござんして」

と、与市はすり切れ畳に腰を下ろし、杢之助のほうへ身をよじった。

「ん、気になることとは」

杢之助は胡坐のまま、ひと膝まえにすり出た。

与市は話しはじめた。

「大木戸のこちら側の人で、内藤新宿のほうまで出張って陰富をやってやがる野郎がおりやして、それをご存じないかと伺いに来たしだいで」

「大木戸のこっちから？」

杢之助は見当がつかなかった。

「それが、どうやら武家らしいので。それも一口一両と、ずいぶん豪勢な」

「えっ。あいつら、大木戸を越えていやがったのかい」

「あいつらって、心当たりがおありで？」

と、人数は足軽、町人、中間の四人で、挟箱の紋所が一文字に三ツ星というのも、杢之助と与市の言うのが一致していた。

なるほど縄張を越えないという仁義は、武家には通用しない。久左の一家は仁義を守り、内藤新宿に入ってきた四人組の動きを掌握していたが、大木戸までは尾行してもそこで引き返していた。

李之助は、その胴元が大和国新庄藩永井家一万石の下屋敷であることも、その屋敷の場所も話した。

「なるほど、それでですかい」

与市はうなずいた。四人組が内藤新宿でまわっているのは、大ぶりな旅籠や料亭、それに宿場の通りを西に抜けたあたりに門を構える武家屋敷ばかりで、らしい。

「客を選んでやがる」

李之助は、与市を久左の分身と看做《みな》している。与市が李之助を訪ねてきたのも、久左に言われたからだろう。

李之助は言った。

「気になることが」

佐橋定之助の件だ。

「掌握しておりやす。どうやらそのご浪人、加助さんが找しているご仁のようで」

「やはり」

久左一家も気づいていた。

腰高障子は開けたままだ。

杢之助はさらに上体を与市のほうにかたむけ、声を落とした。

「佐橋さまが内藤新宿にまで尾けて行っていたなら、加助どんとやらはもう見つけたのでは？」

「見つけやした。足軽ら四人組を尾けておいでの浪人さん、佐橋定之助さんでしたねえ。それをまた加助さんが尾けているのを見届けたのは、このあっしで」

「ふむ。で？」

「へえ。きょうは杢之助さんを訪ねてようござんした。こうなりゃあ久左《うち》の親分に代わってなにもかも話しやす」

「ふむ」

「加助さんが仕《つか》えていなさるのは、信州《しんしゅう》小諸《こもろ》藩牧野《まきの》家一万五千石のご家臣で瀬《せ》川斎太郎《がわさいたろう》さんという若い二本差しと、その姉君の美津《みつ》さんとおっしゃるお方で、もしその姉弟《きょうでえ》の敵《かたき》が佐橋という浪人さんなら、久左《うち》の内藤新宿内《なわばり》で名乗りを上げ、討ちかかる機会は幾度もありやした。久左の親分もそのときは場をととのえ、合力しようと言っておりやした。ところが」

「いっこうに討ちかからねえ」

「へえ、よくご存じで。いってえどうなっているのか、杢之助さんならなにか知っていなさるかと」

「訪ねてきてくださったかい」

「へえ」

「分からねえ。儂もなにがなんだか。いまのおめえさんの話を聞いて、ますます分からなくなったぜ。で、こっちから訊きてえ」

「なにを、で？」

「永井家のお人ら、大名家といえど、縄張を荒している。どうしなさる」

「見過ごしはできやせん。落とし前はつけさせていただきやす。ですが、どんな裏があるのか、加助さんたちとどんな関わりがあるのか、それを見極めてから、と久左は申しておりやす。そのために、きょうあっしがここへ来させていただいた次第で」

「ふむ、与市どん」

「へえ」

「待ちやしょう、富会の日を。あさってだ」

「分かりやした。宿《しゅく》に帰《けえ》って、そう申しておきやす」

「あらら、お客さんかね。見慣れない人だけど」

町内のおかみさんが荒物を買いに来たか、腰高障子のすき間から木戸番小屋に日焼けした顔を入れた。

「こりゃまあ、お客さんというほどの者じゃござんせん。じゃあ、あっしはこれで」

与市は腰を上げた。

五

「おう、杢さん。行ってくらあ。いよいよあしただぜ。百両、百両」

「松つぁん。百両は一人だけなんだから、当たりっこないよ」

「そんなこと言っているから当たらねえんだ」

「元返しでいいよ、当たるなら」

いつもの朝の挨拶もそこそこに、松次郎と竹五郎は話しながら木戸番小屋の前を通り過ぎた。それも、いつもより小半刻（およそ三十分）も早い。

「おう。きょうはどこへ」

李之助が下駄をつっかけ外へ出たときには、すでに二人は木戸を出て街道のながれに乗っていた。長屋を出たときから二人とも話しながら、急ぐように速足だった。

「松つぁんも竹さんもねえ、あしたは仕事にならないから、その分きょう中にって」

背後からおミネが声をかけた。そのおミネも落ち着かないようすで、

「先日の喧嘩じゃないけど、おこぼれの印違合番でもいいんですけどねえ」

などと言っている。

李之助も落ち着かなかった。佐橋定之助と加助の件だ。それに、

（信州小諸藩の瀬川斎太郎さまにお美津さん……か）

胸中にくり返した。これらがみょうにからまり、そこに新庄藩永井家下屋敷の陰富まで関わっているとなれば、あしたの富会が、

（なにがしかの節目になるかもしれない）

と、思えてくるのだ。

この日、松次郎と竹五郎が帰ってきたのは、陽が落ちてからだった。

「おう、杢さん。ちょいと浸《つ》かってくらあ」

「待ってくれよ、松つぁん」

「早くしろい」

と、松次郎と竹五郎は木戸番小屋の前に商売道具を置くなり、中には入らずさっさと湯に行ってしまった。これからだと、残り湯しかないだろう。


その日が来た。

杢之助が木戸を開け、棒手振たちが入ってきて長屋に七厘の煙が充満するのはいつものとおりだったが、なんだか喧騒に慌ただしさがない。逆に豆腐屋や納豆売り、魚屋の棒手振たちのほうが忙《せわ》しなく動いている。

理由は訊かなくても分かっている。棒手振たちは朝の仕事を早々にすませ、福寿院に駈けつける算段なのだ。

長屋では、松次郎と竹五郎が富会を見に行くことになっている。

富会の第一声は元返しの百本からで朝五ツ（およそ午前八時）、おミネが仕事に出て縁台のお茶の番を志乃と交替する時刻だ。それで松次郎と竹五郎がいつも

よりのんびりしていたのだ。だが、

「いよいよだぜ。うーん、せめて五十両、いや三十両でもいい」

「そりゃあそうだけど、せめて元返しは当ててきておくれよ」

釣瓶で水を汲みながら松次郎が言ったのへ、水桶を両手でかかえた左官屋の女房が合いの手を入れ、

「いくら気張っても、どうにもなるものかね。俺たちが番号札を突くのじゃないんだからさ」

竹五郎が手拭を肩に、たしなめるように言っていた。

みんな、気分は落ち着かないのだ。


「杢さーん」

おミネが木戸番小屋に声を入れた。仕事に出るにはすこし早い時刻だ。顔を上げると松次郎と竹五郎、左官屋と大工の女房も一緒だ。

「まだちょいと早《はえ》えが、行ってくらあ」

松次郎が言う。木戸の外まで見送りだ。松次郎と竹五郎が商売道具を持たずに、朝から一緒に出かけるのは初めてだ。

「おぉう」

と、杢之助も下駄をつっかけた。

「がんばってー」

「しっかりねー」

元気づける声に、

「だからさあ、俺たちが突くんじゃないって」

竹五郎がふり返り、

「行こうぜ。すぐそこだっ。おっとっと、大八車」

松次郎が竹五郎の半纏《はんてん》の袖《そで》を引っぱり、大八車とすれ違った。

きょう、手習い処は休みだ。師匠の真吾は福寿院に頼まれ、すでに刀を腰に庫裡へ上がっている。境内で喧嘩などがあったときの鎮《しず》め役だ。

源造も義助と利吉を引き連れ、十手を手に境内へ出張っている。掏摸《すり》が出るかもしれない。きょう一日、町方も境内で町奉行所の仕事をしてもいいことになっている。してもいいのではなく、寺社奉行から町奉行に依頼があったのだ。隠密廻り同心も幾人か、町人姿を扮《こしら》え出張っているだろう。だが、目的は源造たちと異なる。群衆のなかに入り、陰富の噂を拾うのだ。つぎつぎと決まっていく当たり番号のなかに、つい興奮して口走る者がいるかもしれない。

木戸番小屋で、杢之助は迷った。

(儂も)

行こうかと思ったのだ。佐橋定之助や永井家下屋敷の四人組、それに加助らがなにがしかの動きを見せるかもしれないと思ったのだ。

だが、

(儂はあくまで町の木戸番人。左門町に騒ぎさえ起こらねば……)

と、そのまま荒物をならべたすり切れ畳の上から、動かなかった。

いつになく朝五ツを告げる鐘が大きく聞こえたのは、福寿院が突き富開始の合図に打った鐘だろう。歓声までが聞こえてくるようだった。

歓声は上がっていた。

福寿院の境内で一段と高く広い本堂の濡れ縁に、高さが人の腰ほどもある大きな木箱が置かれ、住持に近くの曹洞宗の寺から手伝いに来た僧侶、袴に裃《かみしも》を着けた檀家総代に世話役など、十数人はいようか。武士もいるのは、寺社奉行から遣わされた見届け人だ。

大きな布袋から木箱に移される木の富札の音が心地よく境内に響く。

開始の時刻からすでに立錐《りっすい》の余地もないほどに境内を埋め尽くした男女の群衆の中には、武家の中間もいる。当人が買ったか、あるいはあるじに命じられて来たか。

「これよりーっ、福寿院初めての富くじをーっ」

どよめきのなかに、檀家総代の口上が聞こえない。

納所が太い棒で木箱の中をかきまわす。

「まずはーっ、元返しにござりまするーっ」

世話人の口上とともに僧侶が先端に錐《きり》をつけた棒を両手で頭の上にかざし、

「えいっ」

木箱の中に突き立て、引き上げる。

「亀の二千八百十五番」

世話役の声に、

「おーっ」

群衆から声が洩れ、

「あっ、俺だ。あぁぁ」

ため息だ。元返しが当たれば、もうあと当たる機会はない。

だからといって帰る者はいない。最後の当たり番号の者を見定めたいのだろう。

これが百回、くり返される。

二十回、三十回のころには、もう群衆は境内に入り切れず、山門の外にまであふれていた。

元返しがあと十数回となったころか、読み上げられた番号に、

「おぉお、竹っ。これだぜっ、これ！」

松次郎が叫んだ。その手にある富札の番号が、いま読み上げられたのとおなじだった。

すぐ横に立っていた男が、

「へん、早々に討死《うちじに》かい。世話ねえぜ。俺のはこれからだい」

「なにっ」

「松つぁん、よしなよ。それでもよかったじゃないか」

竹五郎が松次郎の袖を強く引いた。

すでに次の番号が突き立てられようとしている。

もし間合いが悪かったなら喧嘩が始まったかもしれない。

こんな場面が随所に見られる。

一回一回、納所が棒で木箱の中をかきまわすのだから、けっこう時間がかかる。溜息とつぎへの期待のなかに、元返しの百回が終わったのは、すでに午に近い時分になっていた。

暫時《ざんじ》休憩のあと、残りは十両、三十両、五十両、百両の四本だ。

待つあいだ、

「おう。次に当たるのは俺だぜ」

「なに言っているのさ。あたしだよう」

「なにぃ」

と、また随所で言い合いが始まる。

「まあ、まあ、まあ」

と、とめ男やとめ女があいだに入る。

これも富会の風物詩だ。

始まった。

さすがに僧侶が木箱に錐の棒を刺し込み、引き上げた瞬間、境内は水を打ったように静まる。

「鶴の〇〇〇」

「うおーっ」

境内の隅のほうから雄叫《おたけ》びが上がった。

富札を上にかざし、人をかき分け本堂に向かって走りだし、濡れ縁の長い段を駆け上がる。十両の男だ。

「おっ、あいつは!」

羨望と歓声の入り混じったどよめきのなかに聞かれるのは、当選者を知っている者だろう。

三十両のときはなに喰わぬ顔で人のあいだを縫うように前に出た女が、濡れ縁に数段上がるなり、

「ひーっ、当たったーっ」

「うおーっ」

称賛と嫉妬のまざり合ったどよめきが上がる。

五十両の当たり番号札の者は、その場での雄叫びだった。

「さあておつぎは」

世話役の口上だ。

あと一本、百両だ。

突くのは福寿院の住持である。

錐の棒をたかだかと掲げたときから境内は静まり返った。

「えいっ」

かけ声とともに木札の音が聞こえる。

引き上げた。

世話役が木札に顔を近づけた。

境内に咳《せき》一つ聞こえない。

読み上げた。

男と女の雄叫びと悲鳴が同時に上がり、本堂の前へ駈け出した一群があった。

男一人に女三人だ。

「おうおうおう」

「当たった、当たったかい」

と、周辺の者は背で押し合うように道を開ける。

男が富札を握り締めた手を振り上げ、濡れ縁の段を駈け上がり、女三人がそれにつづいた。

顔が見えた。

「な、な、な、なにーっ」

群衆の中から声を上げたのは松次郎だった。

つづいて竹五郎も、

「あ、あ、あの人らっ」

絶句の態《てい》になった。

なんと四人はかつておミネが住んでいた、長安寺門前丁の長屋の住人たちではないか。そこのおかみさんたちと独り者の日傭取《ひようとり》（日雇い人足）だ。住人五世帯の割札で一枚買っている。その中の一人が、浪人とはいえ二本差ゆえにこの場に来るのが憚られたのか、佐橋定之助である。

またたく間に噂は四方に飛び、

「なんだって！」

左門町で聞いた杢之助も仰天した。

六

元返しはその場で富札と引き換えに二朱が戻ってくる。松次郎と竹五郎は、

「すまねえ。一朱金二枚じゃなくって、五百文にしてくんねえ」

注文をつけていた。買ったときと同様、五等分するためだ。

十両以上の褒美金は、その場で渡すような危険なことはしない。周囲にはまだ興奮冷めやらない諸人が群れているのだ。富札を手に申し出た者の名と住まいを聞き、その日の午後に檀家総代や世話人たちが鳴り物入りで直接、家まで届けることになっている。その鳴り物も、百両となればすさまじい。

だが、当たった者が百両そっくりもらえるわけではない。まず一割の十両を興行主のお寺に奉謝《ほうしゃ》として奉納しなければならない。さらに五両を檀家総代や世話人たちに礼金として収める。三富のように定期的に興行している寺社では、五両でつぎの富札を買わねばならない。五十両、三十両、十両、印違合番も、おなじような割合で差し引かれる。福寿院の場合は次の富くじは予定されていないから、その分は助かる。

さて鳴り物だが、五十両から十両までは、裃姿の世話人が若い衆数人を引き連れ太鼓を打ちながら各当選者をまわるのだが、百両はそうはいかない。

紅白で飾りつけ幟旗《のぼりばた》を立てた大八の飾り車に、酒の角樽《つのだる》や鯛《たい》の尾頭《おかしら》つきなど祝いの品々を載せ、そこへ紫の風呂敷に包んだ褒美金を目立つように載せ、裃・

袢の世話人の差配で若い衆が三味線や太鼓を打ち鳴らし、

「おらおらおら」

と、景気をつけながら当選者の家まで運ぶ。祝いの品々や鳴り物衆にかかる費用は奉謝金や礼金とは別途に、褒美金のなかから差し引かれている。それでも残りは八十両前後だ。この額は大きい。

こうも音曲と飾り車で派手に持ち込むのは、諸人の射幸心をあおり、お寺が慥《しか》と褒美金を出した証《あかし》と、つぎに富くじ興行を打つときの宣伝のためである。

道順は分かっている。福寿院の門前の往還から街道に出て、左門町の木戸を入って裏手へ抜け、長安寺門前丁まで進む。門前丁の長屋では住人一同が外に出て飾り車の一行を迎える。にぎやかな飾り車には見物人がつながっている。

長屋では縁台を用意してそれらにふるまい酒を出す。飾り車と一緒に来た連中ばかりではない。通りがかりの見ず知らずの者まで口上だけの祝いに来る。翌日からもそれが散発的に数日つづく。それらにもふるまい酒だ。それを怠れば、あとあと長屋の住人はなにを言われるか知れたものではない。

左門町の通りでは、松次郎たちの長屋が元返しに当たったことなど、百両の前にはもはや話題にもならない。一膳飯屋も清次の居酒屋もすべてはずれで、麦ヤ横丁に元返しに当たったのが一人いたが、これも話題の外だ。近辺は松次郎と竹五郎が帰ってくるよりも早くながれた噂に持ち切りとなり、二人が帰ってきたときには住人たちが群がり、当たった瞬間のようすをしきりに訊いていた。いま住人たちは、飾り車がいつ通るかと待ち構えている。

「ともかくよ、境内はすげえどよめきでよ」

「その前に、恐ろしいほどの静けさがあってねえ」

と、松次郎と竹五郎は、まだそのときのようすを話している。

「ねえねえ、まだ」

と、一膳飯屋のかみさんは、もう幾度も木戸まで下駄の音を響かせ、街道で背伸びをしていた。早く来ないと、夕の仕込みの時間になってしまう。待ち受ける長屋にすれば、早く来て欲しいような、日の入りぎりぎりのほうがいいような、複雑な思いだ。陽の高い時分に来れば、それだけ暗くなるまで詰めかける一見《いちげん》の祝い客が増える。

来た。

街道に三味線と太鼓の音だ。

七ツ半（およそ午後五時）時分だった。飲食の店ではすでに夕の書き入れ時に入っており、一膳飯屋のかみさんは出ていない。それでもときおり落ち着かないようすで暖簾から顔を出している。

「来ましたよーっ」

　おミネが木戸から左門町の通りへ声を投げた。

　声は順送りに左門町の通りを抜け、長安寺の門前丁に入った。

　待ち受ける長屋にとっては待ちかねたが、日の入りが間もなくで好ましい時間だ。

　急ににぎやかになった。左門町の通りに幟旗がはためき三味線や太鼓の音が鳴り響き、若い衆のかけ声がさらに雰囲気を盛り上げるなど、正月にも見られない光景だ。沿道には住人たちが出て、

「おう、おう」

　と、手を打つ音や声が聞かれ、

「こんな近くからねえ」

「ほんと、当たるときは当たるんだねえ」

「わたしも、もっと買っておけばよかった」

　と、羨望の声も聞かれる。

このときばかりは一膳飯屋のかみさんもおもてに飛び出していた。だが書き入れ時で、野次馬について行くことができない。

「おう、李さん。ちょいと向こうさんの長屋に行ってくらあ」

松次郎と竹五郎が長屋の路地から出てきた。

「よしねえよ」

「へへん。タダ酒、飲みに行くんじゃねえぜ。その逆でえ」

「そう。あそこも俺たちの得意先だからよう」

李之助が言ったのへ、松次郎と竹五郎は返した。見ると二人とも角樽ではないが一升徳利を抱えている。お祝いを持っていくのだ。

「おぅう、そうだったのかい。行ってきねえ、行ってきねえ」

李之助は二人の背を見送った。日ごろから親しい者は、タダ酒など飲みに行かないものだ。

だが、帰ってきたときには、

「ええ人だかりだったぜ。知らねえやつらまでたかりやがってよ」

「近くの大名屋敷のさ、中間さんたちまで来ていたよ」

と、やはり飲んでいた。お祝いの場だ。無理もない。

るはずだ。

陽が落ちた。

木戸番小屋の外に下駄の音が響いた。一膳飯屋はまだ書き入れ時がつづいてい

「左門町の木戸番さん！」

と、半開きの腰高障子をさらに引き開け、三和土に飛び込んだのは、長安寺門前丁の長屋の住人だった。けさ早くから福寿院へ行っていたおかみさんだ。

「ん？　どうしなすった。なにかあったかい」

杢之助は腰を浮かせた。

おかみさんは三和土に立ったまま、

「木戸番さん、きょう午過ぎからは、ずっとここにいなさったろう」

いきなりみょうなことを訊く。

「あゝ、ずっといたが。飾り車も見やしたよ。いやあ、すごかったね。ともかく、おめでとうよ」

「それ、それなんですよ。関係あるかどうか分からないんだけどねえ」

かみさんは慌てているようすだ。夢のような大金が入ったばかりだ。

「だから、どうしなすったね」

李之助は腰を浮かせたままである。

「佐橋さまが、佐橋定之助さまが、いなくなっちまったんだよう。ここを通らなかったかね」

「なんだって！　どういうことだい。詳しく話してみねえ」

李之助の問いに、おかみさんはなおも立ったまま、

「福寿院からわたしが知らせに長屋に駈け戻って、忍原のほうからさ。そのときはまだいなさったのさ。それから長屋は盆と正月が一緒に来たみたいにさ。いえいえ、門前丁すべてがですよ」

「そうだろう、そうだろう。分かるよ」

「みんな、嘘だろう、冗談だろうなんて言ってさ」

おかみさんは、話すのをなかば楽しんでいるようだ。

だが、そのあと早口で、

「あとの三人が福寿院で手続きをすませて帰ってくると、さあほんとうだって受け入れに大わらわさね。縁台を長安寺から借りてきたり、お酒を買いに行ったりで。そのときさ、ふと気づくと、佐橋さまがいなさらないのさ。どこか用足し行って、そのうち戻ってきなさろうと思ってさ。ところが飾り車が来てからも、ま

だ帰っておいでじゃないのさ。なんだか心配になって、ここの木戸、通りませんでしたかね」

李之助は内心ホッとするものを感じた。褒美金が来てからではなく、来る前にいなくなっている。だが、こんな日にどこかへ……尋常ではない。しかも長屋の住人になにも告げずに、わずかな家財も残したまま……。

「見なかったよ。これからでも、もし見かけたら知らせるよ」

「頼みますよ」

と、きびすを返したおかみさんに、

「あゝ、待ちねえ」

「えっ、思い出した！」

「いや、そうじゃねえが。なんとも奇妙だ、あの佐橋さまがねえ。その話さ、佐橋さまにどんな事情がおありなさるか分からねえ。あまり騒がず、まわりにも伏せておいたほうがいいかもしれないよ。時が時だけにねえ」

「えゝ、それもそうだよねえ。みんなにも言っておくよ」

おかみさんは力なく帰った。

外は暗くなった。

油皿の火を提灯に移し、きょう最初の火の用心に出た。

すでに左門町の通りに人影はない。だが、気のせいか飾り車の通ったときの興奮をまだ残しているように感じられる。

拍子木を打ちながら、念のためにと裏の木戸を出て、長安寺門前丁まで足を延ばした。件《くだん》の長屋の路地にはまだ灯りがあり、人影も出ている。

「佐橋さまは、お帰りになりやしたかい」

杢之助は路地に声をかけた。

「あゝ、左門町のおもての木戸番さん」

男の声に、明るい内に杢之助を訪ねて来たおかみさんが出てきた。

「やっぱり見かけなかったかね。まだお帰りじゃないのさ」

「いったい、どこへ行かれたんだろうねえ」

「褒美金が長屋にあっても、佐橋さまがいなさるから安心と思っていたのだけど、ともかく今夜一晩、長安寺に預かってもらおうとみんなで話していたのさ」

「そりゃあいい。長安寺さんなら信頼できる。儂もこのあとの火の用心、こっちまで足を延ばしてみるよ」

「すまないねえ」

と、別の住人も、心配そうに声をかけてきた。

「それじゃあ」

杢之助はその場を離れ、

「火のーよーじん、さっしゃりましょーう」

拍子木を打ち、左門町の通りに戻った。

(いったい……)

なにがどうなっているのか、杢之助にはますます分からなくなった。

「ん?」

提灯に火を移したとき、油皿の火は吹き消したはずなのに、腰高障子に内側からの灯りが映っている。清次の居酒屋はこの時分、まだ客が入っているはずだ。

(誰だ)

杢之助は下駄に音がない代わりに拍子木を打ち、近づいた。

腰高障子の中の灯りが揺らいだようだ。

「木戸番さん、お帰りですかい。おじゃましておりやす」

「おぉ」

中からの声は内藤新宿の若い衆、与市だ。

「また、どうしなすったい」

杢之助は故意に音を立てて腰高障子を開けた。

与市は火の入ったぶら提灯を手に、すり切れ畳に腰を下ろしていた。

杢之助は提灯の灯りを油皿の灯芯に移し、

「上がりなせえ。こんな時分に来なさるとは、よほどのことがありなさったか」

「へえ。よほどかどうかまだ分かりやせんが、久左《うち》の親分がこちらの木戸番さんに話をとおし、合力《ごうりき》を頼んでこい、と」

言いながら与市は提灯の火を吹き消してすり切れ畳に上がり、

「きょうこちらは、ええお祭り騒ぎだったそうで。百両がすぐこの近くから出なすったとか」

「早耳だねえ。宿《しゅく》にまでその噂はながれていたかい」

杢之助は、与市がなにやらそれと関わりのある話を持ってきたことを感じ取った。

「そりゃあもう、けっこうな飾り車だったようで。それはともかく、話は変わりやすが、佐橋定之助さまですがねえ、このまえ木戸番さんもおっしゃっていた浪人さん。お大名の永井家の足軽どもをつけ狙って、それをまた際物師の加助さんが狙っているってえややこしい話の」

「あゝ、そうだ。佐橋さまだ。福寿院の百両はなあ、その佐橋さまの住んでいなさる長屋だぜ」

「えぇえ！」

与市は驚きの声を上げた。

「どうしなすった」

「その佐橋さまでやすが、いま内藤新宿に来ておりやす」

「えぇえ！」

こんどは杢之助が驚き、飾り車が来る前に佐橋定之助が姿をくらまし、長屋の者が心配していることを話した。

「いってえ」

「どうしたこと」

二人は灯芯一本の灯りのなかに顔を見合わせた。

「ともかく、あっしのほうから申しやす」

「おう、聞こう」

杢之助は上体を前にかたむけた。

「きのうのことでさあ」

永井家下屋敷の足軽二人と挟箱の中間、かわら版屋の町人の四人組が大木戸を越え内藤新宿側に入ると同時に、

「あっしら、尾行をつけておりやす」

永井家は明らかに陰富で久左の縄張を荒らしている。久左一家は内藤新宿で、この四人の動きはすべて掌握している。

「加助さんがすでに、その四人をつけ狙っている佐橋さまに気づいていることは、前にも申し上げやした」

「ふむ。聞いた」

「その日、内藤新宿《うちとう》に入《へえ》ってきた四人を、また佐橋さまが尾けていやした」

「ふむ」

「その佐橋さまをまた、加助さんが見つけたと思ってくだせえ」

「ふむ。思った」

すべて内藤新宿での出来事だ。

加助の姿が人混みに消えた、つぎに出てきたときには瀬川斎太郎と美津の姉《きょう》

弟《だい》が一緒だったという。

三人が佐橋に声をかけた。追分坂を下りたところだったらしい。

「それが奇妙なので」

「どのように」

「ありゃあ、どう見ても敵《かたき》同士じゃありやせんぜ。その逆で、瀬川のご姉弟と佐橋さまとやらは、互いに懐かしそうなようすで、加助さんも一緒に近くの蕎麦屋に入って一部屋取り、しばらく話し込んでいたようで。なにを話していたかは分かりやせん。事前にそうなることが分かっていたなら、仲居にちょいとつかませてとなりの部屋でも取っておいたのですがね」

そのあいだに加助たちは永井家の四人を見失ってしまい、

「もちろんあっしらは、ちゃんと尾けておりやしたが」

蕎麦屋から出てきた佐橋定之助は、瀬川斎太郎と美津、加助の草鞋《わらじ》を脱いでいる旅籠の前まで一緒に行き、中には入らず帰っていったという。

「それがきょうの午をいくらかまわった時分でさあ。佐橋さまとやらが加助さんらの旅籠に現われやして、そのまま現在《いま》になるも出てきなさらねえので」

「うーむ。どういうことだ。ますますこんがらがって」

「分かりやせん。こいつはひとつ、久左《うち》の親分の頼みをぜひ聞いてもらわねばなりやせん。あっしからもお願《ねげ》えいたしやす」

「どういうことを」

「へえ。あした朝早く、木戸番さんに内藤新宿へ来て、陰からそっと面通ししていただき、それがもし木戸番さんが〝気になる〟とおっしゃっていた佐橋定之助さまで、しかもきょうの百両の長屋の住人でしたなら、ますますでさあ。あっしら町衆には話せねえわけがあるに違《ちげ》えねえ。そこで左門町の木戸番さんと、それに相手はなにしろお武家でごぜえやす。榊原さまにも入《へえ》っていただき、瀬川の姉弟さんも佐橋さまもお武家さんでやすから、あっしらに話せねえことでも榊原さまには話せるのじゃねえかと思いやして。その段取りを、木戸番さんにつけてもらいてえと。まあ、こんな勝手なことを考えやして」

「分かった。ここまで乗りかかった船だ。最後まで乗らせてもらうぜ。それにしても久左さん、えれえ熱心じゃねえか」

「そりゃあ、相手はお武家がみょうにからんでいまさあ。久左《うち》の縄張《しま》を荒すやつらを放ってはおけやせん。あっしらが少々返り血を浴びても、永井家の仕掛けた陰富は叩き潰《つぶ》してみせまさあ。そのためには、みょうにからんでいるお武家らの背景をはっきりさせ、関係ねえお人らに迷惑がかからねえようにしなきゃならねえ、と。そこに久左の親分は気を揉んでいなさるので、へい」

「ふむ」

李之助は大きくうなずきを返した。

もう長安寺門前丁の長屋も灯は消えていようか。これから数日、祝い客か野次馬か分からないのが五月雨《さみだれ》式に来ることだろう。それも百両の代償かもしれない。

清次がチロリを提げて木戸番小屋の腰高障子を、音もなく開けた。

李之助は、与市の来たことを話した。

清次はさっきまで与市の座っていた場に胡坐を組んでいる。チロリを李之助の湯飲みにかたむけ、

「性分《しょうぶん》なのでやしょうかねえ。また巻き込まれてしまいやしたね」

「仕方ねえさ。なにもかも、この町で静かに暮らさせてもらうためじゃねえか」

言うと李之助は、ゆっくりと湯飲みを口に運んだ。富くじの終わったあしたになれば、こんがらがった紐《ひも》が、すべて解けそうな気がしていた。

女敵《めがたき》討《う》ち助っ人

一

「おう、きょうも稼いでいきねえ」

と、日の出前に杢之助が木戸を開けるころには、朝の棒手振《ぼてふり》がすでに来て待っているのだが、きょうは杢之助のほうが早かった。

八朔《はっさく》（八月一日）を過ぎれば、朝夕に涼しさを感じる。きょうはその葉月（八月）の二日である。

木戸を開け、街道に出て大きく伸びをしているところへ、

「おぉ、ありがてえ」

と、毎日一番乗りの豆腐屋が声をかけてきた。納豆売りや魚屋はまだ来ていない。

杢之助も豆腐屋にいつもの声をかけ、その足で街道を大木戸のほうへ向かった。早朝に内藤新宿へ佐橋定之助の面通しに行くことは、昨夜のうちに清次に話した。

街道にはすでに西へ向かう旅人が出ている。

大木戸を越えたあたりで不意に温《ぬく》もりを背に感じ、自分の影が地に浮かび出た。日の出だ。内藤新宿の朝はすでに始まっている。昨夜遅く宿《しゅく》に入ったか、けさ早く江戸入りしようとする旅人や見送りの旅籠《はたご》の女中たちが街道に出ており、枝道からは荷運び人足らのかけ声が聞こえてくる。

杢之助はそれらのあいだを縫うように歩を進め、久左の住処《すみか》に向かった。朝は遅いはずの店頭《たながしら》の一家にしては珍しいことだ。久左も与市も、数人の若い衆も起きていた。

「さ、こちらでこぜえやす」

与市の案内で加助たちが草鞋《わらじ》を脱いでいる旅籠に向かった。すぐ近くだ。久左から話が通してあるのか、裏庭越しに泊り客が雪隠《せっちん》に行く渡り廊下の見える部屋に通された。女中部屋だ。

久左は慎重に事を進めようとしている。無理もない。相手は武家で、しかも敵討《かたきう》ちがからんでいるかもしれないのだ。

「むさ苦しいところですが、ここなら向こうさんに気づかれずに面通しできやす」

与市は言い、指で障子に穴を開け、杢之助もそれに倣《なら》った。なるほど、いい趣味ではないが、よく見える。

「朝早くご足労を願いやしたのは、向こうさんが出かけねえうちにと思いやして。もちろん、どこへ行こうと尾行はつけやすが」

与市は障子に目を張りつけたまま話す。

「ふむ」

と、杢之助も障子に目を張りつけている。

ときおり泊り客が行き来する。

このようなかたちで相手のようすを見るなど、杢之助には自然に心ノ臓が高鳴ってくる。往時が思い出されるのだ。

「――あればかりは、幾度場数《ばかず》を踏んでも、緊張は消えなかったなあ」

清次と酌み交わしているとき、一度だけ回想したことがある。

押込みである。毎回杢之助は、ぶるっと身を震わせたものだった。

渡り廊下の幾人目かに、

「あっ」

「あれだ」

杢之助と与市は同時に低い声を上げた。

百日髷の佐橋定之助が悠然と歩み、そのうしろに町人髷の加助がつづいている。

「あのお人が……間違《まちげ》えござんせんかい」

「ふむ。佐橋さまだ。なぜ、長屋から消えてかようなところへ」

瀬川斎太郎と美津の姿も確かめた。二十歳ほどの若侍と、二、三歳年上に見えるきりりとした容貌の武家娘だ。


「やはりそうだったかい。まずは喰いねえ」

と、久左の住処では杢之助の分も朝餉《あさげ》が用意されていた。部屋には久左と杢之助、与市、それに給仕役の若い衆が一人いる。

「これはやはり、榊原さまにお出ましを願いやしょう。段取《だんどり》をお願えいたしやすぜ」

「分かった。それより久左どん。与市どんもだが、陰富《かげとみ》のその後の手順はご存じでしょうなあ」

「もちろんでさあ。動きは数日遅れ。またあの四人が内藤新宿に入《へえ》ってきまさあ」

「ふむ。それが分かっておれば、策も立てやすうござんしょう。儂《わし》はさっそく榊原さまに話を通しておきやしょう」

　与市が応えたのへ李之助が返し、

「さすがは李之助さんだ。すでに先を見通してござるわい」

　久左は飯の椀を持ったまま、李之助に視線を据えた。

『以前はなにを』

　言いかけた言葉を、喉の奥に収めたようだ。


　早々に朝餉をすませ、大木戸の内側に戻った。

　街道にはすでに大八車や荷馬が出ている。

　手習い処が始まるのは朝五ツ（およそ午前八時）で、まだ余裕がある。

　木戸番小屋へ戻る前に、向かいの麦ヤ横丁の通りへ入った。手習い処だ。ちょうど真吾が、

「おぉ、これは李之助どの」

　と、おもての雨戸を開けたところだった。

　李之助は玄関先で、

「申しわけありやせんが、きょう手が空けば木戸番小屋で、ちょいと相談に乗ってもらいたいことがありやして」

「ほう。いかような」

「話せば長《なご》うなりやすので」

とだけ伝え、ひとまず引き揚げるつもりだった。実際、陰富から佐橋定之助や久左一家のからみ合いまで、話せば長くなる。

「だから、いかような」

「へえ。きのう百両の長安寺門前丁から」

「おぉ。あそこはきのう、お祭り騒ぎになっただろうなあ」

「その長屋の佐橋定之助さまが、褒美金の飾り車が来る前に、いなくなりやした」

「ん？」

「それについてでございます」

とのみ話し、杢之助はその場を離れた。真吾はきのう福寿院の一日用心棒だった。境内で喧嘩や掏摸《すり》などは見なかったが、飾り車の行った先でなにやら生じた。関心を持たないはずがない。佐橋定之助と面識はないが、半年ほど前に長安寺門前丁に越してきた浪人として、存在は知っている。やはり真吾が首をかしげたのは、飾り車が来てから消えたのではなく、その前にいなくなったことだった。

（はて、いかような？）

と、真吾は杢之助の背を見送った。

木戸番小屋に戻ると、清次に言われたのか、

「あらあ、杢さん。朝早くからどこに行っていたのですか。松つぁんも竹さんもさっき首をかしげながら仕事に出ましたよ」

すり切れ畳に上がり、留守番をしていたおミネが細身の腰を上げた。荒物がすでにならべている。

「すまねえ。ちょいと野暮用でなあ」

「それよりも突き富。杢さんにおすそ分けできればと思っていたのだけど、前に住んでいたところが百両だなんて」

「あはは。元返しがあっただけでもよかったじゃないか」

「まあ、そうだけど」

言いながら場を交替し、おミネは三和土《たたき》に立ち、

「向こうが百両なら、せめてこちらは印違合番《しるしちがいあいばん》でもと、ちょいとひがみましたよう」

言って敷居を外へまたぐおミネの背を、無言で李之助は見送った。

通りを行く人の影がまだ長い。午《ひる》にはかなり間がある。

半分開けた腰高障子の外に、一膳飯屋のかみさんとは違った下駄の音が響いた。

「木戸番さん！」

と、三和土に立ったのは長安寺門前丁の、きのうも来た百両長屋のおかみさんだった。用件は分かっている。李之助も、話しに行こうかどうか迷ったのだ。

(背景が明らかになってからでも遅くはない。きょう午後には判るはずだ)

李之助はそう決めた。

果たしておかみさんは開口一番、

「朝になっても佐橋さま、お戻りじゃないんですよう。こんなときにいったい、心配ですよう」

「そうか、まだかい。確かにみょうだ。儂も注意して近辺の同業に聞き込みを入れたのだがなあ」

「で？」

「見た者はいねえ。午後には大木戸の向こうにも範囲を広げてみようじゃないか。

なあに、きっと見つかるさ」

「ならいいんだけど。お願いしますね」

また肩を落とし、帰ろうとするのを呼びとめ、

「このこと、くれぐれも外に洩らさないほうがいいよ。原因というか、理由《わけ》が判るまでさ。儂も同業に訊くときには、それとなく話しているのさ」

「分かっていますよ。長屋のみんなもそうしている。それよりもさあ、見ず知らずの人が〝百両長屋はこちらで〟なんてつぎつぎと来るのさ。帰ってきて欲しい人は帰ってこずにさあ」

おかみさんは愚痴のように洩らし、帰って行った。実際、衣類や小間物の行商人が〝百両長屋はどこでしょうか〟と、左門町の木戸番小屋にも訊きに来ているのだ。教えた。知らないといえば、かえって不自然だ。


昼の時分どきになったころだった。

源造が、

「おう、バンモク」

と、半開きの腰高障子をさらに引き開け、いつものように自分で荒物を押しの

け、「ちょいと長安寺の百両長屋をのぞいてきたがよう」

源造までが〝百両長屋〟などと言う。

杢之助はどきりとした。佐橋定之助の失踪を聞き込んでいないか。もし源造の手を借りる事態になったとしても、背景を明らかにしてからのことだ。源造の背後には同心がついており、奉行所と直結しているのだ。

「で、どうだったい。なにか変ったことはあったかい」

さりげなく問いを入れた。

「あははは。あった、あった。きのうからだろうが、いまも路地に縁台を出し、角樽のふるまい酒だ。あと二、三日つづけなきゃならねえだろうがよう」

と、そこに佐橋の名が出てこない。長屋の衆は話していないようだ。内心、ホッとするものを覚えた。杢之助の言葉を守ったというより、このようなときに長屋に朱房の十手が入るような問題は起こしたくないのだろう。

きょうの源造は義助と利吉を連れていないが、十手はまだ持っている。

「きのうはさ、松や竹も来ていたぜ。聞かなかったかい。境内で掏摸も出なきゃ喧嘩もなかったのは、俺がこれを持って下っ引二人を連れ、人混みの中をあちこち見まわっていたからよ。榊原の旦那は庫裡に入ったまんまだったからなあ」

源造は房なし十手で手の平を打ちながら得意気に話し、

「それも成果だが、もう一つあったぜ、成果がよう」

源造は眉毛を上下させた。

「どんな」

「隠密廻りの旦那方よ」

（えっ）

どきりとしたのを、杢之助は堪《こら》えた。

「三人も出てなすったそうな」

「ほう」

緊張を覚える。

百両の番号が読み上げられたとき、どよめきの中に、

「――さあ。番号、控えたか。早くつぎの段取りを」

「――心得た」

話しているのを、隠密廻りが聞き込んだというのだ。

「話していたのは武家の中間《ちゅうげん》と町人だったらしい。おめえの言っていた、永井

家の者じゃねえのかい」

「その隠密廻りさん、調べなかったのかい」

「百両の瞬間だ。どよめきの中に見失ったらしい。それできのう、定町廻りの旦那に心当たりはねえかと問い合わせてきたらしいのよ。ふふふ、知らねえってよ」

「ほう。定町廻りと隠密廻りの旦那方は、互いにいがみ合ってなさるか」

「そうじゃねえが、定町は定町、隠密は隠密ってとこさ。で、隠密がまたここへ来たらよ、おめえもすっとぼけておけ。永井家の件はな、あくまで定町廻りの旦那からお奉行に伺いを立てるってえことにするからよ。証拠を三つ四つも挙げりゃあ、お奉行とて捨ておけとは言えなくなろうよ」

と、太い眉毛を大きく上下させた。気合が入っている。

「分かった。気をつけておこうじゃねえか」

「ありがたいぜ。俺の縄張内《しまうち》に番太郎はたんといるが、こんなことを頼めるのはおめえだけだ。頼むぜ」

と、源造は浮かしかけた腰をまた落とし、

「そうそう。定町廻りの日よ、おもての清次旦那の店で人足どもが暴れたって？」

聞き込んだようだ。

「あゝ。榊原さまが飛んできて押さえなすったからよかったが」

「そうだってなあ。清次旦那は気の毒に人足に殴られ、おめえも店に飛び込んだはいいが、尻もちついて泡ふいてたんだってなあ」

「なんでえ、そんなことまで聞いたのかい」

杢之助にはありがたいことだ。

「ま、おめえは人の動きだけに注意していろやい。危なねえ場など、おめえにゃ似合わねえ。あはは」

こんどは立ち上がり、

「ともかく隠密廻りらしいのが来たら、うまくいなしておくんだ。頼んだぜ」

雪駄の音が木戸番小屋の外に遠ざかった。

二

どこの手習い処でも、昼八ツ（およそ午後二時）の鐘が聞こえると手習い子たちが歓声を上げる。手習いの終りの合図だ。だが真吾の手習い処では、その小半時（およそ三十分）も前から歓声が上がった。真吾はけさの杢之助の話が気になり、落ち着かなかった。いつもより早く終え、左門町の木戸番小屋に向かったのだ。散歩にでも出るように無腰だが、足は急いだ。

すり切れ畳に腰を据え、杢之助のほうへ身をよじっている。いつもの木戸番小屋の光景だ。腰高障子は半分開けたままで、そこで大名家の陰富や、やがて人の命に関わるかもしれないことが話されているなど、誰も想像しないだろう。買い物に来た町内のおかみさんが、

「あら、手習い処のお師匠。清次旦那は一緒じゃないんですか」

「そのうち来なさるさ」

杢之助が応えた。木戸番小屋の雰囲気は一見穏やかだ。

真吾は聞き終えた。永井家下屋敷の陰富の動きから、飾り車の来る前に失踪した佐橋定之助が、内藤新宿の旅籠に投宿している小諸《こもろ》藩士の瀬川斎太郎たちのところにいたこと、さらに久左一家のからみまで、杢之助は詳細に語った。

「ふむ」

真吾はうなずき、

「敵討ちに間違いないだろう。敵はおそらく永井家下屋敷の足軽たち四人の中の誰かだろう。それにしても解せぬ。瀬川家の姉弟《きょうだい》にその下僕の加助か、さらに

佐橋どの、それぞれの動きがすべて不可解だ。敵討ちに助勢するにも、永井家の陰富を叩き潰すにしても、それらの背景を慥《しか》と解明してからでないと、新庄藩と小諸藩を下手に突《つつ》くことになり、抜き差しならなくなってしまうかもしれぬぞ」

「へえ。久左どんも儂もそう思いやして」

「よし」

真吾はその気になったようだ。低声《こごえ》になり、

「策を立てる参考に訊くが、陰富とはどのように動くものかのう」

「それですかい。あっ、動いていやす。あれを」

ちょうどよく、説明の一端を省くことができた。

左門町の通りを、いま語ったばかりの永井家下屋敷の四人が、街道のほうへ向け通りかかったのだ。

「外からは中のようすは、人影しか見えやせん」

「そうか」

真吾は返し、さりげなく視線を外に向けた。

陰富の者は、一口一両八倍返しの札を買ってくれた相手や屋敷を確実に覚えている。そこへまた足を運び、

『いかがでござんしょう。いい話になればよござんすが』

と、声をかけ、かわら版をそっと手渡すのだ。そこには富会《とみえ》の当たり番号が記されている。一枚くんねえと町角で声をかけられても、あるいは岡っ引に咎《とが》められても、書かれてあるのは当たり番号だけで、それを売り歩いているようにしか見えない。お縄になることはあり得ないのだ。きのう福寿院の境内で、隠密廻りに立ち話を聞かれた中間と町人とは、いま杢之助の木戸番小屋の前を足軽と一緒に通っている二人だろう。その者らは、福寿院で当たり番号を確認するとすぐさま彫師にそれを彫らせ、摺師に持ち込まねばならない。だから動作が、隠密廻りが見失うほど迅速だったのだろう。きのうの午前《ひるまえ》のことを、きょうの午過《ひるす》ぎには摺り上げている。職人たちの速さも大したものである。

陰富の客はそのかわら版を見て、買った番号が入っているかどうか確かめる。当たりがあればその場で申し出る。するとかわら版屋は、

『へい。いい話でごさんした』

と、帳面に記し、〝褒美金〟を持参する日を告げる。新庄藩永井家の、中間の挟箱には、一文字に三ツ星の家紋が打たれている、それに足軽も一緒だから信用できる。

その一群は、一軒一軒がかわら版に目を通すまで待つのだから、けっこう時間がかかる。

四人は左門町の木戸を出たようだ。おそらく富会の前、最後にまわっていたのが内藤新宿のようだったから、当たり番号のかわら版を配って歩くのも最後になり、早くてあしたかあさって、〝褒美金〟を配って歩くのはそこからさらに二、三日後となるだろう。

「なるほど、そういう仕組みになっておるのか」

真吾が解したところへ、手習い処の終わったころあいをはかって来たか、

「おいででやしたね。ごぶさたいたしておりやす」

与市が腰高障子の敷居をまたぎ、真吾に一礼した。

「杢之助どのから話は聞いた。捨ててはおけぬようだなあ」

真吾は言うと、

「刀は手習い処だ。ちょいと取ってくるから、ここで暫時《ざんじ》待たれよ」

「へえ」

真吾は木戸番小屋を出た。

「与市どん。さっきなあ、永井家下屋敷の四人さ、ここを通ったよ」

「えっ。そんなら、八倍返しの金子を持って内藤新宿《うち》に来るのは、四、五日後ということか」

仕組みを知っている与市はとっさに計算した。

「そういうことになる。で、いま佐橋さまや加助どんに瀬川姉弟は？」

「それがおかしいので。四人とも旅籠を一歩も出ていねえので。ほんとうに敵討ちなんでやしょうかねえ」

「うーん、儂もちょいと」

と、おもての居酒屋に行き、清次にこれから内藤新宿に行くことを告げた。清次はすべてを心得ている。ちょうど飲食の店が暇な時間帯である。

「あらあ。またわたし、木戸番に入るのね」

おミネの顔が輝いた。

三人は街道を内藤新宿へ向かっている。百日髷で大小を帯びた浪人と白足袋に下駄履きの木戸番人、それに遊び人風の奇妙な組合せだ。

「それにしても杢之助どの。近くでなにやらうごめいているとは感じておったが、これほど奇妙なこととはなあ」

「へえ。もっと早うから相談しておけば、といまは思うておりやす」

敵討ち……と感じ取ったとき、故意に真吾には話さなかった。そのときは、これほど背景がこんがらがっているとは気づかなかったのだ。

「――久左の親分《うち》も、相手がお武家なら、是非とも榊原さまにと申しやしてねえ」

と、与市の言っていたとおり、

「これは榊原さま。お久しゅうございやす。李之助さんを通してでやすが、事情を話せばきっと合力してくださると思うておりやした」

と、久左はひとくせありそうな顔に笑《え》みをたたえ、真吾を迎えた。

李之助がすべてを話していたので、あらためて話す手間は省《はぶ》けた。

「それじゃさっそく」

久左は雪駄をつっかけ、外に出た。

瀬川姉弟が投宿し、佐橋定之助がきのうからころがり込んでいる旅籠はすぐ近くにあり、けさがた李之助が面通しをする場を整えていたように、久左の息のかかった一軒だ。

土地《ところ》の店頭《たながしら》にその若い衆、大木戸向こうで町の用心棒と知られている手習い処の師匠、さらに四ツ谷左門町の木戸番人が打ちそろって来たと女将《おかみ》から聞かされ、佐橋らは驚いた。

旅籠では奥の部屋を用意され、一同は対座した。

真吾は素早く、美津をはじめ対手《あいて》の値踏みをしたが、

(ふむ。この者ら、おろそかには扱えぬ)

杢之助も、真吾と同様のものを感じ取った。

三

真吾の鋭い視線を受けながら、若侍の瀬川斎太郎と美津の姉弟は、慥と信州小諸藩牧野家とその出自《しゅつじ》を述べ、加助も〝その瀬川家の中間にございまして〟と、立場を明かしたが、佐橋定之助は、

「――それがしは信州浪人にて」

と、まだおのれの立ち位置を曖昧《あいまい》にしている。

「おまえさまがた、十日ほども前からこの旅籠に入りなされ、そちらの加助さんがこの地でちょいと商いをしたいと挨拶に来られたときから、これは並みのお人らじゃないなと思いましてな」

「佐橋さまはあの門前丁で、もう半年になられましょうか。このお人はなにかをつけ狙っておいでじゃと、すぐに気づきましたじゃよ。狙っておいでなのは、すぐ近くの永井家の足軽などあの四人でございやしたなあ。するとそこへそちらの加助さんが現われ、佐橋さまをお找《さが》しじゃ。長年木戸番人をしておりますと、そうした人の動きが気になりましてなあ。それにきのうの富くじの件ですじゃ。門前丁の長屋のお人ら、心配しておりますじゃよ」

「そのお大名家下屋敷の四人でやすが、動きはすべてあっしらが掌握しておりやす。二、三日後にはやつら、またこの宿場から西手の武家地のほうまでまわることになりやしょう」

久左が言ったのへ杢之助がつなぎ、さらに与市が話したのでは、瀬川姉弟も加助も佐橋も、

(すべて見られている)

思わざるを得ない。

「それがし、理由《わけ》あって形《なり》はかようにしておりますが、小諸藩の家臣にて」

佐橋は明かしたが、そのさきは言いよどんだ。

「その理由とはいかに。敵討ちとお見受けいたしたが」

「うっ、それは」

真吾の問いつめる口調に佐橋は戸惑い、横並びに座している美津と顔を見合わせ、

「姉上」

斎太郎がうながすように美津へ視線を向けた。

美津は意を決したようにうなずきを返し、

「わたくしから話しまする」

語りはじめた。

小諸城下では二年前、佐橋家の長男・定之助と瀬川家の長女・美津との婚儀が進められていた。

「仕合わせな日々でございました」

美津は言う。はきはきとした口調の武家娘だ。

ところがみょうな噂がながれた。

「――へへ、美津お嬢とあっしは情交《わけ》ありなんで」

瀬川家の鎌太《かまた》なる中間が言いふらしていたのだ。

もとよりそのような事実はない。

「――あの馬鹿。なに血迷うたか、身分違いの横恋慕だぜ」

朋輩《ほうばい》の中間たちは言っていた。

だがその噂が元で婚儀は破談となった。鎌太は逃亡し、ただちに佐橋定之助は城代家老から仇討免許状を認《したた》めてもらい、鎌太を女敵《めがたき》として追った。

残された美津は自害しようとした。まさに懐剣で喉を突こうとしていたところを見つけ、飛びついて思いとどまらせたのが、弟の斎太郎だった。

斎太郎は言った。

「――自害するよりも、鎌太を見つけ出し、噂が虚偽《きょぎ》であることを白状させるほうが大事ではありませぬか。私も一緒に参りまする」

美津は応じ、斎太郎とともに小諸を発った。このとき、瀬川家の忠実な中間であった加助が姉弟に随った。

一方、佐橋定之助が江戸で鎌太を見かけたのは半年前だった。瀬川家にいたときとおなじ、紺看板に梵天帯の中間姿だった。斬りつけられなかった。大名家の行列の中だったのだ。あとを尾け、主家は新庄藩永井家であり、下屋敷の中間であることをつきとめた。

徳川の世も二百数十年を経た天保期にあっては、旗本家でも大名家でも、家臣はともかく加助のような忠義の中間など珍しく、口入屋《くちいれや》を通じて雇い入れた年季奉公の者が多く、いわゆる渡り中間が当然のようになっていた。大名家の下屋敷は、鎌太にとってはちょうどいい隠れ蓑《みの》であった。

佐橋は永井家下屋敷の近くに移り住んだ。

「それが長安寺門前丁のあの長屋でしてな。ちょうど一部屋空いていたのは天佑《てんゆう》でござった」

と、佐橋は鎌太に気づかれぬように機会を待った。鎌太が一人で外出するときだ。気をつけているのか、下屋敷を出るときは常に朋輩の中間や足軽、さらに家士と一緒であり、打ち込むことはできなかった。もし永井家の者が鎌太をかばい、それを一緒に斬ってしまえば、小諸藩牧野家と新庄藩永井家の問題になるかもしれない。

「それは断じて避けたかったのでござる」

藩の出した仇討免許状があれば、堂々と永井家下屋敷の門前で名乗りを上げ、鎌太の身柄を引き渡してもらうことはできる。

「しかし、女敵討ちでござる。名乗り、口上を述べるのが美津どのに申しわけなく、討つときは有無《うむ》を言わせず一刀両断にいたすつもりでござった」

だから、陰富で鎌太が中間と頻繁に外出するようになったとき、常に佐橋の影もそこにあったのだった。

斎太郎が話しはじめた。

姉弟は鎌太を找すより、佐橋を找したほうがいいのではと判断した。佐橋よりさきに鎌太を見つけ白状させても、佐橋よりさきに討つことはできない。

江戸に出て一年がたち、それが十日ほど前、佐橋が半年ほど前から四ツ谷のいずれかに住んでいるようだと、加助が江戸勤番の小諸藩士から聞き出した。そこでしばしの逗留にと草鞋を脱いだのが、

「この旅籠でござる」

「その加助を見かけ、驚きましたわい」

斎太郎の言葉に佐橋がつづけた。もちろん佐橋は加助を尾け、この旅籠に美津と斎太郎がいることも確認した。即座に佐橋は、美津の存念を解した。

「どうする。一緒に女敵を討つか、それとも単独で……迷いました。四人で機会を狙えば、それだけ鎌太に気づかれ、逃げられる公算も高うなりますゆえ」

「そこへ福寿院の富会の日が来ましたか。飾り車の来る前に失踪なされたのは？」

杢之助が問いを入れた。

「あはは、あれでござるか」

佐橋は苦笑し、

「長屋のつき合いで割札《わりふだ》をしましてなあ、一人百文でござった。当たるとは思うてもおらなんだ」

「ところが当たった」

「さよう。長屋のおかみさんが、当たった当たったと叫びながら、福寿院から駈け戻ってきたときには仰天しましたぞ。そうそう、なぜ失踪したかでござったなあ」

佐橋も江戸に一年も住んでおれば、富くじの一等が当たったときの騒ぎは話に聞いている。ふるまい酒に大勢が詰めかける。永井屋敷は近い。中間や下男下女たちもタダ酒を飲みに来るかもしれない。その中に鎌太がいたなら……。

「それで逃げ出されましたのか」

杢之助は笑い顔になった。だが、笑い話ではない。きょうの午過ぎだが、鎌太は実際、長屋へタダ酒を飲みに行ったのだ。昼八ツの鐘が鳴るすこし前、真吾が木戸番小屋に入っているときだった。鎌太ら四人は、陰富の客をまわる前に景気づけにと一杯引っかけに行ったのだった。

「なるほど、そういう事情でござんしたか。ふむふむ」

久左が得心したように言ったのへ、さっきからじっと黙考するかのように聞いていた真吾が、

「鎌太なる中間が永井家の者と同道しておっても、その者らが手出しできぬ環境をつくれば、すぐにでも討てるということですな」

「えっ、いかなること！」

佐橋は真吾に視線を釘づけた。

真吾は久左に向かい、

「この内藤新宿へ、数日後にあの者どもは来ますなあ」

「榊原さま、それでは！」

久左は即座に真吾の言葉の意味を解した。杢之助も与市も、同様だった。きょうあの四人は、麦ヤ横丁の裏手の寺町や武家地をまわっているはずだ。

佐橋も解し、

「ご、ご助勢、いただけまするか！」

声を上げ、向かい合わせに座っている真吾ら四人を見つめ、

「かたじけ、かたじけのうござりまするぅ」

と、加助もなかば叫び声になり、その場にひれ伏した。

佐橋は長屋の住人から榊原真吾の噂は聞いており、その人となりも解している。加助も佐橋を找しに麦ヤ横丁に聞き込みを入れたとき、住人から手習い処の師匠の噂を聞いている。

「美津どの、斎太郎どの。このお人はのう」

佐橋は美津と斎太郎に真吾の人物を語った。

「ならば、われらに!」

美津も真吾を見つめた。同時に、真吾の言う〝その者らが手出しできぬ環境〟とはいかなるものかも解した。

杢之助には左門町の木戸番人として、まだかたづけねばならないことがある。長安寺門前丁の住人を、いつまでもやきもきさせておくわけにはいかない。

話が一段落したところで、

「それじゃ儂は木戸に戻りますじゃ」

と、腰を上げた。加助はむろん武家である瀬川姉弟も、

「よろしゅう頼みまする」

町の木戸番人に感謝の意を示した。襖《ふすま》を開け、廊下に出るとき、

（うーむむ）

李之助は背に熱気を感じた。数日後には鎌太が、網の中に入ってくるのだ。

西の空にまだ陽は高いが、飲食の店ではそろそろ夕の仕込みに入る時分だった。

左門町の木戸を入ると、

「おミネさん。もうすこし頼みまさあ。すぐ帰ってきますで」

李之助は腰を浮かしかけたおミネに言うと、そのまま左門町の通りを奥へ向かった。

「ちょっとちょっと。またどこへ行くんですよう」

「あゝ、門前丁。おミネさんの古巣だ。すぐ戻るから」

下駄をつっかけ腰高障子から顔をのぞかせたおミネに応え、さきを急いだ。

「ん、いったい、なにかしら」

おミネは鼻を鳴らし、細い首をかしげた。

鎌太がきょう長安寺門前丁の長屋へタダ酒を飲みに行ったことなど李之助は知らないが、また二度、三度と来るかもしれない。実際、そのような者もいるのだ。

言ったとおり、李之助はすぐ戻ってきた。腰高障子を半開きにしていたおミネは、また首をかしげた。門前丁のおかみさんが一緒なのだ。

「えぇ、どうして？」

おミネはふたたび下駄をつっかけた。

木戸番小屋の前で、

「木戸番さん、ありがとうね」

おかみさんは左門町の木戸を走り出た。

「ねえ、ちょいと。どこへ行くのよ。そんなに急いで」

声をかけたおミネに、

「あはは。佐橋さまの知り人が内藤新宿に来ておいでてなあ。儂がちょいと言付けを頼まれたのさ」

言いながら杢之助は三和土に入っておミネと立ち話のかたちになり、

「二、三日向こうに泊まって長屋にはお帰りにならないらしい。ほれ、百両の配分があるじゃないか。それをおかみさんが話しにこれから宿《しゅく》まで行くのさ」

「えぇえ。佐橋さま、こんなときにいなさらなかったんですか」

と、おミネは聞きながらみょうに納得し、

「あら、もうこんな時分。お店に戻らなくっちゃ」

そのまま木戸を出て、おもての居酒屋に入った。夕の仕込みが待っている。門前丁のおかみさんも、杢之助から聞いた旅籠に行き、佐橋が妙齢の武家娘と一緒にいるのを見てみょうに納得し、長屋に戻って、

『ちょいとみんな。佐橋さまさあ、お金より大事なものがあって、急にいなくなったはずだよ』

などと言うことだろう。

杢之助は木戸番小屋にまた独りとなり、

（さあて、源造さんだが、どうする）

考えた。

夜になり、チロリを提げて来た清次と話した。

杢之助は言った。

「女敵討ちだけじゃ物足りねえ。事は陰富から始まったのだ。儂は源造さんの男気を買うぜ」

「源造さんなら奉行所が知らぬふりをしても、なにか騒ぎ立てをするってことですかい。それこそ火の粉がこちらにも飛んでくるかもしれやせんぜ」

「いや。源造さんなら、火の粉は飛んでこねえ」

李之助は言い切った。

四

翌日から、下っ引の義助と利吉が木戸番小屋に詰めた。訝《いぶか》る住人には、

「なあに、源造さんが陰富の探索をしていなさるのさ。どうやら四ツ谷一帯の広い範囲で値の張る陰富があったそうで」

李之助は話した。〝値の張る〟で、住人は安堵した。自分たちには関わりのないことで、源造が町衆に狙いをつけているのでないことが、それで分かる。

義助と利吉は朝に左門町へ来ると、いつのまにかいなくなっている。左門町の木戸番小屋で待ち構え、鎌太らの一群が木戸から街道に出るとあとを尾けているのだ。

「――おめえら二人一緒に尾けるんじゃねえぞ。四人組の視界に入って尾けるのを、常に交替して相手に監視していることを覚《さと》られねえようにするのだ」

と、源造に伝授されている。尾けるのはほとんど人通りの極端に少ない武家地や寺町だから、尾けやすくもあれば覚られやすくもある。ときには一人が木戸番

小屋に残り、杢之助が出ることもあった。

成果はあった。陰富に乗ったと思われる寺や武家屋敷などを、数件つきとめた。

真吾の準備もととのっていた。もし手習いの最中にいざ出陣となったとき、清次の居酒屋の東どなりに暖簾を張っている古着商、栄屋《さかえや》のあるじ藤兵衛《とうべえ》に、

「――緊急のときにはよろしゅう」

と、臨時の代行を頼んであるのだ。

藤兵衛も杢之助には一目置いており、また栄屋に新たな小僧が入ったとき、その読み書き算盤を真吾の手習い処が請け負っている。

これまでも藤兵衛が真吾の代行に入ったことが幾度かある。手習い子たちは雰囲気の変わることを喜んだ。実際の商人が商いの手法や大福帳のつけ方を教えてくれるのだ。その時が来た。

真吾と久左が、佐橋らに助勢を約束してから三日目だった。

おミネがいつものように木戸番小屋に声を入れ、縁台のお茶汲みを志乃と交替してからすぐだ。そろそろ手習い処が始まる時刻でもある。この時分に、義助と利吉が左門町の木戸番小屋に入る。その二人の顔が木戸番小屋にそろった。

「木戸番さん、あれ」

来た早々に、半開きにした腰高障子の外に、義助があごをしゃくった。足軽二人に中間の鎌太とかわら版屋の町人ら四人の姿が見えたのだ。木戸番小屋の前を過ぎ、左門町の木戸を出た。

向かいの麦ヤ横丁ではなく、街道を西方向に向かった。四ツ谷大木戸のほうだ。行く先は、内藤新宿……。

「ん？」

杢之助は首をかしげ、あとを尾けようとする義助と利吉を引きとめた。

四人組の五間（およそ九米《メートル》）ほどうしろに、羽織・袴の武士が尾いている。

（永井家の家士）

杢之助は直感すると同時に、

（四人組め、きょうは金子を持参している）

確信した。

富会から数日も経てば、鎌太たちが当たり番号を記したかわら版を配らなくても、他にもかわら版は出ており、また福寿院の境内にも貼り出され、陰富に乗った者ならすでにそれらを確かめている。陰富の者がおなじ顔ぶれで来れば、当たった家ならすぐさま誰かが飛び出してきて、その場で〝褒美金〟を手渡すことになる。

武士二人はその護衛と同時に、足軽たちが金子を持ち逃げしないようにとの見張りでもあろう。

杢之助の判断は速かった。清次の居酒屋に入り、

「ちょいと門前丁のお人らに、佐橋さまを連れ戻すよう頼まれましてなあ。儂一人じゃどうも」

と、清次を駆り出した。佐橋定之助がなにやらわけあって、武家の女性《にょしょう》と内藤新宿で一緒だとの噂は、すでに左門町にもながれている。一膳飯屋のかみさんが大騒ぎしないのは、中間やさらに他の武士も一緒らしくてなにやらわけが分からず、色恋沙汰とも思えないからだった。

「あらあら、佐橋さまにも困ったものですねえ。午前《ひるまえ》には帰ってきてくださいよ」

志乃が清次を送り出した。志乃は女敵討ちの事情を清次から聞かされている。だから周囲の手前、芝居を打ったのだ。おミネはまたみょうに納得したものだった。

木戸番小屋に戻ると杢之助は、

「きょうは儂が尾行する。義助どんはここで留守居をしていてくれ。利吉どんは

御簞笥町に走り、源造親分にここへ来るように言ってくれ。さあ」

言うなり着物を尻端折に、白足袋に下駄履きのままふらりと木戸を出た。源造が来ても、すぐには大木戸の向こうへ踏み込むことはなく、躊躇しここに踏みとどまることを予測したうえでの、杢之助の措置だった。

清次はすでに武士二人を尾け、四ツ谷大木戸に向かっている。杢之助は街道を横切り麦ヤ横丁に入った。手習い処だ。

そこを出るとき、背に手習い子たちの歓声を聞いた。変化のある講義に声を上げたようだ。十歳ほどの男の子が、街道の手前で杢之助を追い越した。真吾に言われ、栄屋へ走り込むのだろう。

「これこれ、大八や馬にぶつかるんじゃないぞ」

杢之助は思わず手習い子の背に声を投げ、街道を西に進んだ。

四ツ谷大木戸の石垣が見える。

あの四人組と武士二人、それに清次はすでに大木戸を越えている。真吾も栄屋藤兵衛が手習い処に入るのを待ち、大小を腰に駈けつけてくるだろう。

あとは心配いらない。久左が一帯の筆頭店頭《たながしら》なのだ。

大木戸の石畳を踏んだ。いまは勝手往来だが、かつて手形検《あらた》めをしていた名残りで、両脇から石垣がせり出し、その部分が石畳になっている。大八車の車輪が、そこだけ大きく響く。

それを抜けると内藤新宿だ。

「木戸番さん」

荷馬が五、六頭たむろしている陰から、忍ぶような声がかかった。

与市だ。

「おう。もう若い衆が尾けやしたかい」

「もちろん。それを木戸番さんへ知らせに行こうとしやすと、往来人の中に姿が見えたものですから、ここで待ちやした」

荷馬の陰で立ち話になった。

「榊原さまにはさっき知らせた。おっつけ来なさるだろう」

「で、木戸番さんはなぜ？」

策では、杢之助は敵討ちの現場には加わらず、首尾だけを左門町で待つはずだったのだ。

「おう、それよ。きょうはいつもとようすが違うぜ」

「えっ。どのように」

四人組に武士が二人ついていることと、居酒屋のあるじがあとを尾けたことを与市へ口早に話した。

「居酒屋の清次旦那は見かけやしたが、侍二人は、あ、通りやした。あれも向こうの」

「そうだ。策の練りなおしだ」

「へい。ともかくこちらへ」

与市が先に立った。

久左の住処だ。

すでに佐橋定之助と瀬川姉弟、それに中間姿の加助が来ていた。仕掛けるのはきょうだ。いずれも表情が引きつっている。三人は白装束ではないが、白布のはちまきとたすきをふところに忍ばせている。

「おぉう、これは杢之助さん。左門町で待っていりゃあ、わしらがすべて」

言いかけた久左に、

「実は親分」

与市が、さきほど杢之助の言った武士二人の件を話した。

「なんだって！」

久左は驚き、

「むむっ。足軽だけでなく、永井家ご家中のお方まで！」

佐橋もうめくように言った。

瀬川姉弟も顔を見合わせ、

「大丈夫でしょうか」

中間姿の加助も久左に視線を据えた。

きのう立てた策は、内藤新宿を西へ抜け武家地に入ったところで佐橋が名乗りを上げ、すかさず真吾が足軽二人とかわら版屋の町人を排除し、そこに久左の差配で若い衆が人垣をつくり、存分に敵討ちの場をつくるというものであった。ところが敵側に武士が二人加わった。それが鎌太を救おうとしたなら、

（斬らねばならぬ）

佐橋が最も恐れている事態である。そのために、これまで幾度も討ちかかる機会を見逃してきたのだ。

「お任せくだせえ」

杢之助は言った。木戸番小屋から武士二人の姿を見たときから、すでに杢之助の胸中に新たな策はでき上がっていた。

そこへ若い衆に呼びとめられた清次が戻ってきて、

「きょうだな」

と、真吾もそろった。筋目のくずれた袴に大小を帯びている。栄屋藤兵衛はすぐさま手習い処に駈けつけたようだ。

つなぎ役の若い衆が飛び込んできた。

件《くだん》の四人はいま、大ぶりな旅籠と料亭をまわっているそうな。八倍返しで十口乗っておれば、十両が八十両と濡れ手で泡だが、実際の富くじ以上に、確率は低い。だからまわる所は少なく、やつらが武家地に向かうのは案外早いだろう。

「侍が二人ついているだろう」

「えっ、それは？」

と、久左の問いにつなぎ役の若い衆は応えられなかった。

「おめえの目は節穴か。確かめてこい」

「へい」

若い衆は久左にどやされ、また飛び出して行き、

「やはり杢之助さんでござんすねえ。与市も気づかなかったのを、一目で見破りなさるとは」

「いや。木戸番小屋から見ていたことだし。あそこはここほど人通りが多いわけではござんせんから」

久左が感心して言うのへ杢之助は返したが、

「やはり……ですか。左門町の木戸番さんのことを、長屋の住人たちから夫婦喧嘩の仲裁役や、町の揉め事のなだめ役などと聞いたが、それ以上に不思議な人のようだねえ」

「そんな、滅相もございやせん」

佐橋に言われ、杢之助は皺《しわ》を刻《きざ》んだ顔の前で手の平をひらひらと振った。そのように見られるのへ、杢之助は最も困惑を感じるのだ。

「あはは、木戸番さん。ただ、お侍の間合いを一歩、外すだけですよ。あとは榊原さまにお任せすればいいのです」

清次がうまく割って入り、

「さよう。戦いとは間合いが最も大事ゆえ。あとはそれがしが」

と、真吾も助け船を出すように言った。

真吾の言った〝戦い〟の役目を、久左の手の者が担うことはできない。久左一家の縄張は内藤新宿の中心部で最も繁華な仲町《なかまち》だが、四ツ谷大木戸を入ってすぐの下町《しもまち》と西手の上町《かみまち》には、それぞれの店頭が立っている。人を尾ける程度なら、筆頭店頭として西手の上町にも東手の下町にも文句など言わせないが、意図的に刀を抜いての斬った張ったでは、理由はともあれ縄張荒らしになり、あとで揉めることになる。武士には武家社会の掟《おきて》があるように、町の無頼にも互いに守らねばならない仁義がある。だから真吾が助っ人に入り、さらに杢之助と清次が出張ってきているのだ。

「お江戸の皆々さまには、ほんとうにお世話になりまする」

「ありがたいことです」

美津と斎太郎だ。話をすることによって、いくらか緊張がほぐれたようだ。

またつなぎ役の若い衆が、

「へい。確かに侍《さむれえ》が二人、すこし離れて四人を見張っておりやした。やつら、町場を終えたようで、武家地に向かいやした」

と、急ぎ戻ってきて状況を話した。

「甲州《こうしゅう》か青梅《おうめ》か」

「青梅のほうへ」

久左の問いに若い衆は応えた。

内藤新宿の街並みを西手の上町まで進んだところに、街道から追分坂が南へ延びている。それを下れば高札場の広場があり、広場から西へふたたび甲州街道が延びることになる。宿場の街並みをそのまま西へ進めば、それが青梅街道だ。往還が青梅街道となってからも茶店や飲食の店がまばらに一丁（およそ百米）ほどつづき、いきなり両脇が白壁となる。そこからが大名家の下屋敷や旗本屋敷が門をつらねる武家地となる。

「参りやしょう」

久左は一同をうながし、

「これからだ。現場の者どもに知らせろ」

「がってん」

つなぎ役の若い衆は部屋を飛び出た。

その場に、ふたたび緊張の糸が張られた。

「姉上、いよいよですね」

「はい」

斎太郎と美津が、低く掠《かす》れた声を交わした。

「杢之助さん。源造さんのほうの首尾はいかがで」

「うまくいっているはずでさあ」

久左がそっと言ったのへ、杢之助は低く返した。この敵討ちの助っ人に、久左には久左の思惑があり、杢之助にも巧妙に立ちまわらねばならない理由がある。いずれもそこには、真吾の言う間合いが大事なのだ。

一同は踏み出た。

街道には往来人に荷馬、大八車が間断なく行き交い、荷運び人足たちの威勢のいいかけ声が、遠くに近くに聞こえる。武士に浪人、武家娘に中間、それに町奴たちが一定の間隔を取ってそのなかに入っても、まったく目立たない。

上町に入った。

「おっ、これは親分」

と、ときおり声をかけてくるのは、上町の店頭の若い衆だ。

「おう、通らせてもらうぜ」

そのたびに久左や与市が返している。これも同業への仁義だ。

追分坂への角で若い衆が一人、久左たちへかすかに手を上げた。久左の手の者だ。近づくと、

「確かにやつら、あっちへ」

青梅街道のほうをあごでしゃくった。

一同はその方向へ歩を進めた。

町場が白壁に変わるところにも一人、

「へい。やつら四人組と二本差し二人、白壁の二本目の枝道へ入《へえ》って行きやした」

どの屋敷も正面門は街道に面しており、裏手の勝手口を叩き、

『いい話はいかがでしたでしょう。八倍返しは用意しておりやすが』

と、声を入れるのだ。

「よし。分かった」

久左は言うとふり返り、

「三本目の枝道で待ち受けやしょう。そこへ出てくるはずでさあ」

一同はうなずき、ふたたび歩を進めた。

その枝道が裏手で三本目の枝道につながっており、引き返さない限りそこへ出てくるのは明らかだ。

美津を含む一同はその三本目に歩をとめ、たむろするかたちになった。武士から町人、武家娘まで、一群になってたむろしても、そこは武家地でもあり天下往来の街道でもある。なんら奇異ではない。往来人でふり返る者もいない。

「定之助さま」

「ふむ」

緊張した面持ちで視線を向ける美津に、佐橋はうなずきを返した。

美津には、佐橋が鎌太を討ち果たす前に、是非とも鎌太に白状させねばならないことがある。そのために小諸から佐橋を追ってきたのだ。そう、ながした噂が、まったくの虚偽であることだ。それを達成してから定之助が鎌太を討てば、佐橋家と瀬川家は元の鞘《さや》に戻ることができるのだ。

五

待つほどもなく、脇道の奥の角から男が一人、ふらりと出てきた。角を曲がるなり男は街道にたむろする一群に向かって走った。久左の手の若い衆だ。

「四人組のやつら、こちらに向かって来やす。勝手門の外にいた侍二人がそのあとにつながっておりやす」

「よし」

受けたのは真吾だった。これからの差配は真吾である。

「杢之助どの、清次さん」

「へいっ」

杢之助と清次は枝道へ足早に踏み込んだ。

街道では、佐橋定之助に瀬川斎太郎と美津が素早くふところから出した白い鉢巻を締め、白だすきをかけた。さらに佐橋と斎太郎、真吾が袴の股立を取り、美津は着物の裾《すそ》をたくし上げ、帯にはさんだ。それらの所作を、久左と与市、さらに数人の若い衆が人垣をつくり、街道の往来人から隠した。

街道からの脇道を杢之助と清次が奥の角まであと十数歩といったところで、件《くだん》の四人が角から出てきた。左門町の通りを幾度も通っている四人組だが、杢之助や清次とは面識がない。

二人は歩をゆるめ、さりげなく四人組とすれ違い、奥の角を曲がった。街道からは見えない横道に入ったのだ。

いた。杢之助が木戸番小屋から、永井家の家臣とみた二人だ。杢之助と清次は、きわめて自然に歩を進めた。武家地の裏道で、他に人影はない。

近づいた。広くはない道で、町人二人と武士二人がすれ違おうとする。

こうしたとき、町人が脇に身を寄せるものだが、それがない。

武士二人は訝る表情で町人二人を睨んだ。

その目へ応じるかのように、

「へへ、お武家の旦那方」

正面から杢之助は声をかけ、腰を落とした刹那《せつな》、

「えいっ」

下駄のまま左足が軸となり右足が上に向かって弧を描き、武士の左腋下《わきした》をしたたかに打った。心ノ臓に近い箇所だ。

「うぐっ」

武士はうめき声とともにその場にくずれ落ちた。

その動きと同時に清次も一歩踏み込み、片方の武士の腹部に拳を送り込んだ。

「うっ」

この武士もその場で腹を押さえ、うずくまった。

杢之助と清次だからこそできた、息のぴたりと合った不意打ちである。

二人はうなずきを交わすなり、うずくまる武士二人の両脇をすり抜け、そのまふり返りもせず走った。武士二人は、

「うううううっ」

息苦しく、しばらくは起き上がることもできない。おそらく彼らは、なにが起こったかも理解できていないだろう。

李之助と清次は裏道づたいに町場まで戻り、なにくわぬ顔で街道に出てもと来た道を返した。

このとき、街道にはまだ騒ぎは起きていない。道端にたむろしている一群は、四人組が歩いて来る枝道の口を塞ぐかたちになっている。その四人組に、背後で起こった不意打ちに気づいた気配はなく、そこに真吾は李之助たちの策の成功を確信し、

「よし」

低く気合いを入れ、一人で四人組に向かって歩を進めた。鎌太はその背後の一群のなかに、佐橋定之助と斎太郎、美津のいることにまだ気づいていない。そのように久左と与市らはたむろしているのだ。

四人組と真吾の間合いが縮まる。先頭に足軽が二人、そのうしろにかわら版屋の町人がつづき、挟箱を担いだ中間の鎌太は最後尾だ。真吾には好都合な並びだ。

先頭の足軽二人は、

（なんだ？　この浪人は）

といった表情で百日髷の真吾を見つめ、歩を進めている。その者らにすれば突然だった。眼前の浪人の身が前面に飛翔した瞬間、足軽の一人が胴に強い衝撃を受け、もう一人には、

「な、なに者！」

叫ぶ余裕はあったものの、上段から打ち下ろされた刀を首筋に受け、

「ううっ」

衝撃が全身に走った。

居合の峰打ちだった。気絶はしなかったが二人とも奥の武士二人と同様、その場にうずくまざるを得なかった。

「行くぞ！」

街道のほうでは佐橋が号令するなり抜刀して脇道に走り込み、そこに白だすきに白鉢巻の斎太郎と美津がつづいた。

「それ！」

「おーっ」

久左の声に若い衆らも一斉に駈け込み、うずくまる足軽二人を素手で押さえ込んだ。若い衆の動きはそれだけではなかった。

「あわわわっ」

と、棒立ちになったかわら版屋を二人が両脇から抱え込み、与市の差配で街道のほうへ引きずり出した。

最後尾で中間姿の鎌太はようやく、駈け込んできたのが佐橋定之助であり、瀬川斎太郎と美津であることに気づいた。ふり向いたが護衛の武士二人の姿はない。

「ひーぃぃぃ」

驚愕と恐怖の入り混じった声とともに数歩跳び下がり、白壁に肩を打ちつけた。

真吾はそのまま奥の角へ走り込んだ。その先では、ようやく起き上がり呼吸を整えた武士二人が角の向こうの騒ぎを耳にし、

「なにごと！」

刀に手をかけ、走ろうとした。

「待たれよっ」

刀を収めた真吾は武士二人に向かい、両手を広げた。

「何者！」

武士二人は刀に手をかけたまま身構えた。

真吾は言った。

「貴殿らへの狼藉、相済まぬ。これもそなたらと戦いたくないため」

「なにを言っておるっ」

「敵討ちにござる」

「なに⁉」

二人が無傷で足軽たちの襲われた場を見ていたなら、あるいは騒ぎを聞くなり走って角を曲がったなら、問答無用のまま真吾と斬り結び、場は大混乱となって鎌太に逃げる隙を与えたかもしれない。それを防ぐための、杢之助と清次の、武士二人への不意打ちだったのだ。

その両名は首を伸ばした。真吾の肩越しに聞こえる。

「鎌太！　この機会を待ったぞ。覚悟はよいな！」

「ひーっ」

鎌太は白壁に背をこすりつけ、震えながら中間用の木刀を前に向けている。

「あの者ら、仇討免許状を持参してござる。敵《かたき》は中間の鎌太。かばい立てはご無用に願いたい」

「むむっ」

武士二人は突然のことに加え、真吾の気魄《きはく》に圧倒され動きを失っている。

街道のほうでは脇道での騒ぎに気づき、野次馬が集まりはじめている。

「敵討ちでございます。中には入られませぬようっ」

久左が両手を広げ、押しとどめている。こうしたとき、高飛車に止めようとすると逆効果になることを、久左たちは心得ている。

奥では美津が短刀を逆手に構え、一歩進み出た。

「鎌太っ」

「ひーっ」

「さあ、申しなされ。おまえがながした噂、根も葉もない虚偽であった、と」

「きょ、きょ、虚偽にござりまするうっ。なにもかもーっ」

声は若い衆に押さえつけられている足軽にも、真吾に阻《はば》まれている武士二人にも聞こえた。

「くそーっ」

鎌太は木刀を佐橋に投げつけ、横っ飛びに逃げようとした。

瞬時だった。

佐橋は身をかわし木刀を避けるなり刀を上段に一歩踏み込み、

「覚悟っ」

振り下ろした。

血が飛翔し、骨の砕ける音が聞こえた。

鎌太は血を噴きながらその場に斃《たお》れ込んだ。

六

杢之助と清次は、荷馬と大八車の行き交う内藤新宿の街道を左門町に急いでいた。

「すこし乱暴が過ぎたかなあ」

「ま、そうでやすが、完璧《かんぺき》を期するためでさあ」

話しながら、四ツ谷大木戸を抜けた。

このあとすぐ、青梅街道の敵討ちの噂が追いかけてくるだろう。

杢之助にとっては、これからが正念場である。

午《ひる》に近く、清次の居酒屋では、志乃とおミネが調理場に入り、仕込みに大わらわだった。

「すまん、すまん。すっかり遅れて」

李之助は清次の声を聞きながら木戸を入り、腰高障子を引き開けた。

「おぉう、なんでえ。俺を呼びやがって、本人がいねえとは」

と、源造がすでに来ていた。利吉と二人ですり切れ畳の荒物を押しのけ、十手を手に座り込んでいる。義助がいない。

「すまねえ、すまねえ。で、義助どんは？」

すり切れ畳に上がりながら訊いた。

「なに言ってやがる。おもてで訊くと、百両長屋の浪人がいなくなったって、ほんとうかい。それを找しに清次旦那と宿《しゅく》へ行ったってえじゃねえか。なにかあったのか。心配になって義助をそっちへ走らせたのよ。会わなかったかい」

「そりゃあ悪いことをしたな。会わなかったよ」

李之助は胡坐を組みながら返し、源造は片足を上げて身をよじり、いつものかたちになった。義助は内藤新宿であちらの枝道、こちらの路地と駈けまわり、そのうち敵討ちの話を耳にし、すっ飛んで帰ってくるだろう。

「実はなあ、長安寺門前の浪人さんだが、内藤新宿で久左どんの世話になっていてなあ。そこに榊原さまも助勢されてよ」

「助勢？　どういうことでえ。じれってえぜ」

「そう焦りなさんな。順序立てて話すから。儂も聞いて仰天したのよ」

と、杢之助は、佐橋定之助が永井家の陰富四人組を常に尾けていたことから、それが敵討ちのためだったことまで詳しく語った。

「な、なんだと！　そ、それでおめえ、現場を見てきたのかい」

「いや。佐橋さまが大木戸向こうにいなさることだけ確認し、帰ってきた。敵討ちなど、いつになるか分からねえし、あんたにこの話をしておかねばならんと思うてな」

「そいつはありがてえが、榊原の旦那も助太刀でいま久左のところに⁉　馬鹿野郎！　だったらおめえ、敵討ちはきょうってことじゃねえか！」

「まさか」

「なに寝ぼけてやがる」

源造は立ち上がり、

「むむむむっ」

うめいた。十手を持っている。おいそれと大木戸を越えるわけにはいかない。

そこへ、

「おやぶーん！」

木戸に義助が駈け込んできた。

（そりゃ来た）

杢之助が腰を浮かせるより早く源造が、

「どうした！」

立ち上がり、利吉もそれにつづいた。

「かたき、敵討ちだあ！　青梅街道に入ったところでっ」

「やったか！　で、誰が誰をっ」

「まだ分かりやせん。なんでも久左の親分さんたちが助っ人をしたとか」

「そりゃあきっと佐橋さま！」

「分かってらい、そんなこと」

杢之助が言ったのへ源造は返し、

「義助、案内しろ。利吉、おめえも来るのだ！」

「へいっ」

木戸番小屋を飛び出ようとする源造に杢之助が、

「あ、源造さん。それ」

「おぉぉっ、これか。おめえに預けておくぜ。俺が戻るまでここにおいとけ。なくすんじゃねえぞ」

源造は十手を杢之助に手渡し、敷居を跳び越えるなり義助と利吉を引き連れ左門町の木戸を駈け抜け、街道を四ツ谷大木戸のほうへ走った。

「おっとっと」

大八車が脇に除け、

「なにごと！」

往来人がふり返える。

「こんなの、預けやがって」

杢之助はつぶやき、房なしの十手をそっと奥の蒲団の下に押し込んだ。


清次の居酒屋も一膳飯屋も昼の書き入れ時に入っている。

客たちの噂は青梅街道の敵討ち一色になっていた。大木戸の向こうからはまだ詳細は伝わってこないが、杢之助が長安寺門前丁の長屋に伝え、

「えぇぇ！　佐橋さまが敵討ちを！」

と、そこからも噂はながれ出ていた。書き入れ時が終わりかけたころである。

けたたましい下駄の響きだ。

「青梅街道に入ったところだね！　手習い所のお師匠も源造さんも⁉」

それだけ聞くと下駄の響きは木戸番小屋を飛び出し、大木戸のほうへ消えた。

杢之助は待った。

太陽が西の空に大きくかたむき、飲食の店はすでに夕の書き入れ時だ。かなり前に下駄の音が響いたが、一膳飯屋のかみさんが急ぎ店に戻ったのだろう。

「榊原の旦那はさきにお帰りになった。いやあ、話に聞けば大《てえ》したお方だ」

左門町の木戸番小屋に戻ってきた源造は、感心するように言った。

「義助どんと利吉どんは？」

「ちょいと考えるところがあってなあ、向こうに残してきた」

源造は応え、

「おめえにも話しておかなきゃならねえ。上がるぞ」

荒物を押しのけ、すり切れ畳に上がって胡坐居《あぐらい》に座り込んだ。

「ふむ。儂も詳しく聞きてえ」

杢之助は聞く姿勢を取った。

「あそこよ、尾張《おわり》の犬山《いぬやま》藩三万五千石の、ほれ、成瀬《なりせ》家の下屋敷の脇道だ」

源造の話に、

（そうか、あそこはお大名家だったのか。どおりで大きな屋敷だったなあ）

李之助は秘かに思った。

源造が久左の住処に駈けつけると、かわら版屋が与市ら若い衆に引かれてきていた。足軽は武家の者で手は出せないから、どさくさに紛れ町人の身柄だけ確保したのだ。名は浅市《あさいち》といい、聞けば小間物の行商人で、永井家の下屋敷に出入りがあったらしい。

久左がまだ戻っていないので場所を聞き、源造は義助と利吉をともない青梅街道に急いだ。屋敷の周囲に野次馬が集まり、脇道では犬山藩成瀬家の中間が出て、白壁に飛翔し地に流れた血の跡を水で洗い流していた。

野次馬のなかに久左の若い衆がいたので聞くと、成瀬家が死体を収容し、佐橋や真吾、新庄藩永井家の藩士たちは全員、屋敷の中だという。

源造は街道の正面門で、義助と利吉は裏の勝手門で、久左や真吾の出てくるのを待った。

午《ひる》をかなり過ぎたころだった。真吾と久左が街道の正面門から出てきた。浪人と町人ということで、事情だけ聞かれ放免されたようだ。門前に野次馬が集まる

のを、久左の若い衆らとおもてに駆け戻った義助に利吉らが押し戻し、

「――おう、源造さん。来ていなすったか。ちょうどよかった。話がある」

と、一緒に仲町の住処まで戻った。

座敷で源造は久左、真吾、それに若い衆の与市と膝を交えた。

まず真吾が飛び込んで敵の仲間を排除し、そこに久左と若い衆が環境を整え、

「――佐橋どのは見事な一太刀だった」

と、真吾と久左は犬山藩成瀬家の下屋敷で語ったとおりに源造にも話した。そこに枝道の奥の角を曲がった路地で、杢之助と清次が不意打ちで永井家の藩士二人の駈けつける間合いをはずした話は出てこない。真吾と久左の配慮だ。だが、そのほうが源造には杢之助の話とも辻褄《つじつま》が合い、納得できる。永井家の藩士二人も、裏道で町人に不意打ちで悶絶させられたなど、みっともなくて言えたものではない。

佐橋が小諸藩牧野家の出した仇討免許状を、成瀬家の下屋敷留守居に示し、

「――成瀬家が見届人になり、柳営（幕府）の目付けにも成瀬家から届を出してくれるそうだ。永井家の側に手傷を負った者はおらず、事態を受け入れ鎌太なる中間は屋敷内で不始末の科《とが》により、昨日放逐した者となってなあ、死体は無縁仏

として成瀬家が近くの寺へすでに移した。永井家の家士め、うまい解決法を考えたものだ」

真吾の話を、源造は一つ一つ得心するように聞いた。

そのあとだ。

「――ところで源造さん」

と、久左は真剣な表情になった。成瀬家下屋敷での聞き取りで、当然陰富の件は出た。だがそれは敵討ちとは無縁で、吟味の対象外とされた。成瀬家にも、乗っていた者が数人いるのだ。

「――おっと、ここからさきはそなたらの領域だなあ」

と、真吾は腰を上げ、麦ヤ横丁の手習い処に戻ったという。

「さあて、これからが本題よ」

源造は木戸番小屋で眉毛をひくひくと動かし、

「おっと、その前《めえ》に十手を出せやい」

「おう」

杢之助は蒲団の下から引っぱり出した。

「ふふふ。こいつを預かっていてよかったぜ。まだお返しするわけにゃいかねえ」

源造は満足げに十手で手の平を打ちながら話をつづけた。

久左の住処で、与市らが小間物屋の浅市からすべてを吐かせていた。下屋敷に出入りしていた浅市が、中間の鎌太から声をかけられたのは、福寿院の富くじ興行の話がおもてになってからすぐだったらしい。足軽二人がそこに加わって屋敷内に四人の仕事人が組まれ、以来浅市は中間部屋に寝泊まりするようになったという。かわら版の作成や町触《まちぶれ》には、行商に長《た》けた町人の手が必要だったのだろう。連日屋敷から出陣し、最後に大金を持っての八倍返しへまわるのに藩士が見張りと護衛につくなど、屋敷ぐるみでないとできないことは明白だ。

浅市はさすがに小商人か、陰富に乗った相手とその口数まで明確に覚えていた。もちろんそれらを吐くまでに、浅市の顔は腫れ上がり体も痣《あざ》だらけになっていた。

久左は苦慮した。浅市を痛めつけるのは簡単だ。だがそれだけでは、縄張荒らしを土地《ところ》の店頭が成敗したことを世に知らしめすことはできない。

「奉行所がどう動くかを見定めてから方途を決めたい、と俺に相談しやがるのよ」

源造は眉毛をひくひく動かしながら杢之助に語った。

永井家はもう陰富を隠蔽することはできない。敵討ちの話と陰富の噂が一体となって早晩《そうばん》江戸市中にながれ込むだろう。すでにながれている。おそらく永井家は陰富のすべてを足軽と不逞《ふてい》町人になすりつけて首を打ち、お家の名に瑕《きず》がつくのを最小限に喰いとめようとするだろう。

「――それじゃ腹の虫が収まらねえ」

久左は激しい口調で言ったという。

そうなることを久左は予測し、浅市を拉致《らち》というより、切り札として身柄を確保しておいたのだ。永井家ではいまごろ、浅市を找していることだろう。

「さすがは久左よ、頭の回転もやることも素早く、抜け目ねえぜ」

源造は感心したように言い、

「そこで俺はよう、かわら版をばらまけって言ってやったのさ」

「えっ」

突拍子もない策に杢之助は驚いたが、すぐ得心した。源造は十手で手の平を打っているが、大名家の陰富に関する限り、

（町衆の立場に立っている）

源造はつづけた。

「そこでだ、ここにもなあ、この裏手の永井家のお人が浅市のことでなにか訊きに来るかもしれねえ。それに隠密廻りの旦那もなあ。あのお人ら、こたびの福寿

院のご開帳にはなんの手柄も立てられなかったからよ。佐橋の旦那の敵討ちと陰富がからんでやがるから、なにか手柄になるものはねえかと来るかもしれねえ」

「知らぬ存ぜぬを通せってか」

「そうよ。どうせおめえ、敵討ちがきょうだってことも気づかず、途中で帰《けえ》ってきたんじゃねえか」

「まあな。ともかくそうさせてもらわあ」

「いつもおめえ、呑み込みが早《はえ》えから助かるぜ」

いつの間にか陽は落ち、木戸番小屋の中は暗くなりかけていた。松次郎と竹五郎は中に源造がいるのに気づき、そのまま湯に行ったようだ。

おミネが、肴《さかな》を用意し一本つけているからと呼びに来た。清次が気を利かせたようだ。

杢之助と源造は、場をおもての居酒屋に移し、

「かわら版の話よ。久左め、すっかりその気になったが、あそこの若い衆にかわら版をかじったことのあるやつはいねえ。そこで今夜は義助と利吉を向こうに置いてきたのよ。俺はあしたの朝早く、八丁堀の旦那にきょうの顚末《てんまつ》を話しに行かなきゃなんねえからなあ。それでまた久左とじっくり膝詰でもすらあ。どっちへ

転んでもおもしろくなるぜ」

源造は上機嫌で話し、志乃から提灯を借り暗い空洞となった街道を帰った。

「ふーっ」

杢之助は大きく息をついた。

「まだ、永井屋敷のお侍はともかく、隠密廻りも来るのですかい。なかなか終わらねえもんでござんすねえ」

夜、湯飲みにチロリをかたむけながら、清次は言っていた。

七

翌日、日の出前からいつもの朝の喧騒に敵討ちの話が加わった。棒手振もそこに乗ってくる。松次郎と竹五郎は内藤新宿から青梅街道の武家地をまわることもあるが、きのうはそこでなかったのを残念がり、きょうもまたきのうのやり残しがあって逆方向の鮫《さめ》ガ《が》橋《はし》に行かなければならないのをさらに残念がっていた。

陽が昇り、朝の一段落がついてからが大変だった。左門町の木戸番小屋に引っ切りなしに客が来る。杢之助は腰高障子を開け放したままにした。

「敵討ちのご浪人さんの住まい、この近くの長屋だそうで」

と、場所を訊きに来るのだ。なかには、

「おう、番太。この町じゃねえのかい。敵討ちのお侍はよう」

と、首だけ木戸番小屋に入れる者もいる。

左門町の通りを抜け、長安寺門前丁に行った者は、そこがあの百両長屋と知ってさらに驚くことだろう。

杢之助は待った。源造である。奉行所の対応が分かるはずだ。

そのなかに、やはり来た。古着の行商人、隠密廻りだ。助かった。ちょうど一膳飯屋のかみさんが来ていたのだ。

「あれえ、あんた。前にも来たことあるよねえ。あたしが詳しく話してあげるよ。きのう、あたしゃ成瀬さまのお屋敷まで見に行ったのさ」

と、古着屋が腰高障子の外に立つなり、自分の飯屋に連れて行った。

「ふうっ」

ここでも杢之助は安堵の息を洩らした。果たして隠密廻りは、杢之助をどこにでもいる、ただの木戸番人としか看做《みな》していないようだ。

永井家の家臣も来た。鎌太の探索だ。きのう清次と一緒に不意打ちを喰わせた武士ではなかった。

(くわばら、くわばら)

李之助は内心の安堵を隠し、適当に交わしながら、

(源造さんの勘、よく当たるなあ)

思ったものだ。

午前《ひるまえ》だった。与市が来た。現場のその後の動きを知らせるためだった。

昨夜、佐橋定之助と瀬川家の姉弟は、見事敵《かたき》を討った者として犬山藩成瀬家の下屋敷で歓待され、きょう本所横川端《ほんじょよこかわばた》の小諸藩牧野家の下屋敷に移り、そこから四人そろって小諸に帰るという。佐橋に頼まれたのだろう。成瀬家下屋敷の中間が久左の住処まで知らせに来たという。

内藤新宿から本所へ行くには、四ツ谷大木戸を抜け、街道を四ツ谷御門のほうへ向かうはずだ。

午過ぎだった。一行は来た。おもてが騒がしいので李之助も外に出た。迎えに来た小諸藩士が五、六人に、美津がいるせいか腰元が二人、さらに足軽に中間がまたおなじ数ほどついている。権門駕籠こそ出していないが、数のそろった武家の一行となっている。うしろによほど暇人なのだろう、男女の野次馬が

十数人もつながっている。どこにでも左門町の一膳飯屋のかみさんのような者はいるらしい。その野次馬のなかに、義助と利吉がいた。

なんと一行は麦ヤ横丁に入ったではないか。真吾の手習い処へ助太刀の礼に立ち寄ったのだ。

（ということは）

麦ヤ横丁から出てきた一行は左門町の木戸に入り、足軽の一人が先触《さきぶれ》のように奥へ走った。ここから道順は、百両の飾り車のときとおなじだ。野次馬が増える。外

目立ちたくない。ここから杢之助は木戸番小屋に戻り、櫺子窓から見送ることにした。外から櫺子窓の中が見えたかどうかは分からないが、佐橋は歩を進めながら木戸番小屋のほうへ軽く一礼した。

通りの両脇には人が群れた。佐橋を見知っている者は多い。

両脇から声がかかる。その賑やかさは、百両の飾り車が通ったときを超えていた。飾り車のときには秘かに感じられた嫉妬《しっと》の表情などどこにもなく、いずれもが他所から来た野次馬たちに誇らしげであった。一膳飯屋のかみさんの顔も当然、

「佐橋さまーっ。こっち、こっち」

と、そのなかにあった。

一行は長安寺門前丁に入った。中間姿が数人見られるのは、すぐ近くの永井屋敷からようすを見に来たのであろうか。

長屋の者は出迎えた。

「大事な日に、突然姿を消して相済まぬ」

長屋の者はむろん、門前丁の住人は感極まった表情であった。そのなかに佐橋は言った。

「これまで世話になったお礼と、心配をかけてしまったお詫びだ。福寿院の褒美金の私の割前《わりまえ》は、長安寺と相談し、この町のために使ってくれ」

歓声とどよめきが沸き起こった。

その一群から、義助が飛び出し、左門町の通りへ取って返し、木戸を駈け抜け内藤新宿に走った。すでに彫師に出していた文言《もんごん》を、久左と相談し変えねばならない。そうしたこともあろうかと、義助と利吉は一行についていたのだ。さすがに、かわら版をかじったことのある二人だ。このあと、利吉が本所までついて行った。

お祭り騒ぎの過ぎ去った左門町で、なおも杢之助は源造を待った。

「おう。バンモク、いるかい」

源造が不機嫌な声を左門町の木戸番小屋に入れたのは、夕刻に近い時分だった。

「おぉう。どうだったい、お奉行所は」

そろそろ荒物をかたづけようと思っていたところで、杢之助は急いで源造の場をつくった。

「くそーっ」

「どうした？」

源造は腰をすり切れ畳に投げ下ろした。ようすがおかしい。杢之助は視線を源造の手許とふところにながし、すぐ気がついた。福寿院の富くじ興行の告示以来、つねに誇示するように持っていた十手がない。源造も杢之助の視線に気づいたか、

「あゝ、あれかい。取り上げられちまったい。ちくしょーっ」

「どういうことだい」

結果はおよそ察しがついたが、ともかく質《ただ》した。

「それよ」

源造は眉毛を八の字に固定している。

「奉行所じゃ、この件はもう終わった、などと。同心の旦那もだらしがねえぜ。

この返事をもらうまで、朝からいままでかかっちまったい。新庄藩の永井家よ、柳営のお偉方《えらがた》に手をまわしやがったらしいのさ。だから隠密廻りの旦那方もよ、もう手を引いたらしい。きょうの午《うま》の鐘を合図みてえになあ」

「そうかい」

杢之助にはホッとするものがあった。朝方、それと確信したのが来たことには知らぬふりをしたが、

「午過ぎだったなあ、この一帯はえれえ騒ぎになってよ」

と、すでに左門町の通りにもながれている佐橋定之助の言葉と、義助が急ぎ内藤新宿に駈け戻ったことを話した。

「ほう、そうかい。やつらもなかなかよくやってくれるようになったもんだ。よし、こうなりゃあ、やることは一つしかねえ」

源造の眉毛が動いた。

「かわら版かい」

「そうよ。久左の若え連中《わけ》が、俺の縄張内《しまうち》でちょろちょろするのへ目をつむってやらあ。やい、バンモク。おめえもそのつもりでいろやい」

源造は腰を勢いよく上げた。雪駄の音が左門町の木戸を出て四ツ谷大木戸のほ

う へ向かった。内藤新宿では久左が源造の話を聞き、奉行所が手を引いたことに、かえって喜ぶことだろう。

入れ替わるように、

「おう、帰《けえ》ったぜ」

松次郎と竹五郎が帰ってきた。元気がない。

「まったくよ、きょうは赤っ恥をかいちまったぜ。左門町や門前丁の話をよ、鮫ガ橋の人らからこっちが聞かされてよ」

鮫ガ橋は忍原横丁の、さらに東手一帯に広がる町場だ。

「こっちもさ。地元の話を仕事先のお人から聞くなんて、みっともいいものじゃなかったよ」

一歩遅れて入ってきた竹五郎も言う。

二人は三和土に立ったままだ。盛大な行列と佐橋定之助の褒美金の話は、またたく間に四ツ谷一円に広がったようだ。

「敵討ちは大《てえ》したものだが、その敵を奉公させていた永井家よ、陰富と合わせて赤っ恥をかくことになるよ」

と、杢之助は永井家の陰富を暴露するかわら版の出ることを話した。内容の性質から、町角で派手に読売《よみう》りをするものではない。

「おっ、そいつはおもしれえ。おう、竹。湯だ。早く行こうぜ」

「おう」

二人は勇んで湯屋に急いだ。まだ誰も知らない、格好の話題ができたのだ。

かわら版が摺り上がったのは、翌日午過ぎだった。彫師も摺師もほとんど徹夜で作業したのだろう。速報が必要なかわら版には珍しいことではない。敵討ち場面の絵入りならあと一日か二日はかかるが、文字だけで鼠半紙一枚ものなら一昼夜で出来上がる。このあたりは、義助と利吉がよく心得ていた。

まずは内藤新宿からだった。

「おめえら、触売《ふれうり》にも手を貸してやっていいぜ」

源造が言ったものだから、義助と利吉は大喜びというより得意になってかわら版を手に久左の住処を飛び出た。この類《たぐい》の売り方を、久左の若い衆らに伝授するのだ。

笠で顔を隠し、内藤新宿の脇道や路地に入り、利吉が角に立って見張り、義助が鼠半紙のかわら版を手に低声で、

「おといの敵討ちさあ、お大名家の陰富がからまっていやしたぜ」

裏庭や道行く人にそっと語りかける。きわめて身近な話だけに、

「えっ。どういうことだい」

と、反応はよい。すぐ数人が集まり、額を寄せ合うこともある。

「え、どこのお大名かって？　これを読んでくだせえ、ほれ、一枚四文」

四文銭《しもんせん》が一枚、買いやすい値だ。

数枚売れば、さっと場所を変える。

「ほう。ああいうふうに売るのか」

と、与市をはじめ久左の若い衆たちが物陰から見ている。いずれも喧嘩慣れはしていても売《ばい》は初めてだ。

陽が西の空にかたむきかけたころ、義助と利吉に倣《なら》った二人一組の若い衆が、幾組も四ツ谷大木戸を越え、江戸府内に入った。

塩町から麦ヤ横丁へ、左門町、忍原横丁に鮫ガ橋、伊賀町に源造のお膝元の御箪笥町、さらに麹町《こうじまち》に市ケ谷八幡町のほうまでもと、かわら版売りたちは入って行くだろう。源造が承知しているとはいえ、やはり見張りは必要だ。永井家の家臣が出ていないとも限らない。二本差しに難癖をつけられそうになると、一目

散に逃げなければならない。

「——あははは。そのときにはかわら版を空に撒きながら逃げなせえ」

源造は言っていた。

かわら版には、永井家下屋敷が福寿院の富くじ興行に便乗して陰富の胴元になり、その触れ役に佐橋定之助の敵《かたき》、鎌太がいたことから、内藤新宿の店頭の一家がその陰富を最後の段階でつぶし、同時に敵討ちにも合力《ごうりき》したことなどが克明に記され、佐橋定之助が長屋に戻ったときのようすも書かれている。

岡っ引や木戸番人の合力があったことは一字も出てこない。これは源造と杢之助がそのように注文をつけたのだ。さらに鎌太は、信州小諸藩の家臣である佐橋家と瀬川家の〝共同の敵〟とあるだけで、あらぬ噂を立てた〝女敵〟であったことも書かれていない。諸人の関心はもっぱら、青梅街道で敵討ちがあったことと、大名家が陰富の胴元だったことに集中している。もちろん、佐橋が富くじ百両の割前を惜しげもなく長屋の衆に与えたことも、大きな話題となっている。

日暮れ近くに鮫ガ橋から帰ってきた松次郎と竹五郎は、

「へへん。俺たちがあの町で朝から言っていたとおり、かわら版売りがほんとうに来やがってよ。鼻が高かったぜ」

「そう。面目をほどこしたよ」

と、きのうと違い上機嫌だった。

永井家は慌てた。かわら版を買い占めるにはもう遅すぎる。

足軽二人を下屋敷の庭で斬首し、

――不埒《ふらち》な足軽どもを当家にて成敗した。市中に流れたる悪しき噂は、一切当家の関与するところに非《あら》ず
柳営の大目付に届け出たのは翌日のことだった。同時に、かわら版に対抗するためか、足軽や中間、女中たちが町場に出て、

「お屋敷はまったく関係ないんだ」

「不埒な足軽が勝手にやったことですよう」

と、しきりに噂をながしていたが、かわら版の威力には抗《あらが》えない。

浅市は命拾いをした。久左の一家に拉致されていなかったなら、足軽二人と一緒に永井家下屋敷で首を打たれていただろう。

いまごろ浅市は甲州街道のいずれかだろう。久左は命までは奪わず、

「――二度と面《つら》を見せるな」

と、江戸から放逐したのだ。

すでに天保七年（一八三六）も八朔を過ぎて葉月のなかばに近い。日一日と朝夕に涼しさが増している。

宵の五ツ（およそ午後八時）時分か、軽やかな下駄の音とともに、腰高障子にうっすらと提灯の灯りが映った。

おミネだ。そっと腰高障子を開け、

「あの敵討ちには、杢さんも清次旦那と一緒に、すこしは合力したんでしょう。手習い処のお師匠など助太刀までされて。だのにかわら版にそのことが一字もない。わたしゃおもしろくないですよう」

「あはは。榊原さまはともかく、清次旦那も儂も宿《しゅく》に一度、佐橋さまを找しに行っただけだぜ」

「でもお」

と、まだおミネは不満そうだった。

その提灯の灯りが長屋の路地に消えたあと、熱燗のチロリを提げ、清次が来た。

すり切れ畳の上に、油皿の小さな炎が揺れる。

「佐橋さまと斎太郎さんに美津さん、もう中山道《なかせんどう》のどのあたりでやしょうねえ」

「江戸から小諸まで、美津さんが一緒だから五日、いや、六日はかかろうかなあ。

昔の儂なら、三日で走るのだが。あははは」

　李之助は湯飲みをぐいとあおり、

「それにしても富くじに陰富、大名屋敷に武家の女敵討ち、さらに隠密廻りまで。火の粉というには大き過ぎたぜ」

「まったくで。こたびばかりは、こちらから関わらなかったなら、やはり火の粉を浴びていたかもしれやせん」

「分かるかい清次よ。これでも取り越し苦労と言うかい」

「言いやせん。ですが、もう関わるのもほどほどにしてくだせえ」

「そうしたいさ。この町で静かに暮らさせてもらえるのならなあ」

　李之助の言葉に、清次は一呼吸ほど間を置き、

「そのためにも、おミネさんのこと……」

「言うねえ」

　油皿の炎がまた揺れた。

この作品は廣済堂文庫のために書下ろされました。

特選
時代
小説

KOSAIDOBUNKO

木戸《きど》の富《とみ》くじ

大《おお》江《え》戸《ど》番《ばん》太《た》郎《ろう》事《じ》件帳《けんちょう》〈28〉

2014年6月1日　第1版第1刷

著者
喜《き》安幸《やすゆき》夫《お》

発行者
清田順稔

発行所
株式会社 廣済堂出版
〒104-0061 東京都中央区銀座3-7-6
電話◆03-6703-0964［編集］ 03-6703-0962［販売］ Fax◆03-6703-0963［販売］
振替00180-0-164137　http://www.kosaido-pub.co.jp

印刷所・製本所
株式会社 廣済堂

ISBN978-4-331-61586-7　C0193